옆집
아이
보고서

초판 1쇄 발행 2018년 04월 19일
초판 9쇄 발행 2024년 09월 01일

글 최고나
발행처 주식회사 스푼북　**발행인** 박상희　**총괄** 김남원
편집 길유진 김선영 박선정 김선혜 권새미
디자인 권수아 정진희　**마케팅** 구혜지 박미소
출판신고 2016년 11월 15일 제2017-000267호
주소 (03993) 서울시 마포구 월드컵북로6길 88-7 ky21빌딩 2층
전화 02-6357-0050(편집) 02-6357-0051(마케팅)
팩스 02-6357-0052　**전자우편** book@spoonbook.co.kr

비루한 청춘의 웃기고 눈물 나는 관찰 일기

옆집 아이 보고서

글 최고나

스푼북

차 례

반성문

작성자 : 박무민

다사다난했던 한 해가 지나가고 새 학기가 시작되는 때, 그간 이런저런 선생님의 노고에 심심한 감사를 드리는 바입니다. 신학기가 시작되자마자 제 그릇된 행동으로 씻을 수 없는 만행을 저지르고, 그것도 모자라 교내를 지리멸렬하게 만든 점, 은혜로우신 ~~빡새~~, 아니 박세만 선생님에게 그저 죄송할 따름입니다.

그렇습니다. 저희 아버님, 어머님은 줄곧 저를 올곧은 사람으로 양성하셨지만 저는 그 그릇의 반도 채우지 못하고 부모님을 수많은 징계 위원회에 회부되게 하였습니다. 이 좋은 세상, 저는 왜 이런 지울 수 없는 행동을 함으로써 선생님 이하 모든 분들을 염려스럽게 만들었을까요?

박세만 선생님, 선생님이 저를 걱정하시는 갸륵한 그 마음,

저는 충분히 이해하고 있습니다. 새 학기가 시작된 지도 어언 몇 달이 흘렀건만 저는 아직도 고등학교 2학년이 되었다는 사실을 인지하지 못하고 살았습니다. 18세라는 나이는 이미 반 불혹이거늘 아직까지 심신이 모자라고 미약하여 저의 철없는 행동으로 급우들이 크나큰 피해를 입게 되었고, 학교생활이 원만할 것이라 믿었던 부모님에게 역시, 더없는 실망을 안겨 드리게 되었습니다.

제가 체육 시간에 준모를 발로 찬 건 그간 나름의 사정이 있었으나 그것이 잘못이라 하시면 저는 담담히 받아들일 용의가 있습니다. 빛나를 옥동자라고 놀린 것 역시 자기 관리를 철저히 하라는 당부의 말 같은 것이었는데 그것 역시 꾸짖으셨으니 겸허히 수용하겠습니다. 김남훈 선생님에게 침을 뱉은 것은 갑자기 영어 문제를 풀라고 시키시기에 놀라 사레가 들린 것이었는데, 선생님이 제 행동에 기분이 상하셨다면 역시 무릎 꿇고 정중히 사죄할 용의가 있습니다. 물론, 수학 시간에 연필로 담배를 태우는 행동을 한 건 저로서도 좀 억울한 측면이 없지 않아 있습니다만 변명은 사내답지 못한 거라 배웠기에 묵묵히 주신 체벌 감내하겠습니다. 늘 정의를 생각하며 산다고 믿었는데 연우가 돈을 갚지 않은 걸 선생님에게 이른 건 저 역시 충격이었음을 호소하는 바입니다.

박세만 선생님! 이런 혼란한 시기에 제가 굳이 대한민국의

고등학생으로 남아 있어야 하는지 의문이 듭니다. 차라리 저의 해외 유학을 부모님에게 넌지시 권유해 보심이 어떤지 심각하게 요청하는 바입니다. 그렇다면 더 이상 영어 시간에 수치를 당할 일도 없고, 눈에서 멀어지면 부모님의 마음에서도 멀어질 것이니, 선생님이 힘 좀 써 주시기 바랍니다.

더불어 선생님! 부모님! 형제자매들! 그리고 절 지지해 주는 몇 안 되는 친구분들이여! 이 자리를 빌려 대단히 죄송하단 말씀을 드리겠습니다. 다시는 이와 같은 오해가 발생하지 않도록 저 역시 최선을 다해 노력하겠습니다.

새 학기의 설렘도 훌쩍 가고 새로운 달이 시작되고 있습니다. 아지랑이가 흐드러지게 피어오르는 따뜻한 봄날입니다. 다시금 제 인생의 의지를 새롭게 다지겠습니다. 가족의 달인 5월, 새로운 학생으로서의 성숙한 인격을 위하여!

관찰 전

이사를 했다. 이사랄 것도 없는 옆 동네로. 포장 이사가 대세라는 나의 말에 엄마는 당연한 듯 내 친구들을 불러 모았다. 엄마는 내 친구들을 부려 먹는 걸 너무나 당연하게 여긴다.

이사를 도와준 녀석들에게 보은의 의미를 담아 걸 그룹 콘서트 티켓을 선물했다. 콘서트가 끝나고는 놀이터에 모여 아침까지 술을 마셨다. 주제는 늘 그렇듯 큐티걸스로 갈아탈 것이냐 말 것이냐의 고민이었다. 남들에겐 우습게 보일지 몰라도 우리에겐 중요한 문제다. 꼬부긴 갈아탄다고 했고, 대가린 핑크냠냠에 대한 의리를 저버릴 수 없다고 했다. 난 쉽게 결론을 내리지 못했다.

동이 어렴풋하게 뜨고 나서야 술자리가 파했다. 볕이 뜨니 슬그머니 취기가 올랐다.

아파트 입구에 들어서는데 요란한 사이렌 소리가 들렸다. 이어 경찰차도 등장했다. 확성기를 통해 뭐라고 나불거렸다. 구급차는 늑장을 만회하려는지 주차장 바닥에 빠르게 에어백을 부풀렸다.

사람들이 일제히 우리 집 앞에 모여 있다. 난 그 사이를 비집었다. 마침 혜령이에게 전화가 왔다. 역시 쌤은 나란 학생 자체를 싫어하는 게 분명하다. 뒷구멍 얘기로는 이미 퇴학 처분이 내려졌다고 한다. 아직 공시된 건 아니니 무릎 꿇고 싹싹 빌면 무슨 기회가 있지 않겠냐며 혜령이가 위로의 말을 건넸다.

인정할 수 없다. 이건 엄연한 보복 징계다. 난 절대 학생들의 돈을 빼앗지도, 무분별한 폭력을 휘두르는 학생도 아니었다. 우리 반에서 날 싫어하는 밀고자가 누구일지 생각했다. 대가린 아닐 거 같고 황달도 아닐 것이다. 얼척이 새끼가 그랬을 수도 있고 짜부 녀석이 은밀히 흘렸을 수도 있다. 의리 없게 빡세 편에 찰싹 달라붙어 내가 흡연하는 장소를 고자질한 녀석이 누구인지 나는 반드시 찾아내고 말 것이다.

처음부터 사건은 조작되었다. 그곳은 개교 이래 단 한 번도 털리지 않았던 신성의 장소다. 그런 곳이 너무나 쉽게 털렸다. 말도 안 된다. 정말 이곳 샛별 아파트에 이사를 오고 나서는 되는 일이 하나도 없다. 참지 못하고 빡세에게 전화를 걸었다.

"학교 잘리기 전에 제가 먼저 그만둘게요. 그럼 됐죠?"

당차게 말했지만 심장은 쪼그라들었다. 빡세는 내가 개념을

11

상실했다며 길길이 날뛰었다. 난 호기롭게 이깟 학교 때려치우면 그만 아니냐고 도리어 배짱을 부렸다. 물론, 예상대로 빡세는 꿈쩍도 하지 않았다. 그 사이에 아마 엄마와 어떤 모종의 거래가 오간 게 아닐까 싶다. 신경질이 나서 빡세가 떠들고 있는 사이 전화를 끊었다. 다시 한 번 벨 소리가 요란하게 울렸다. 난 휴대폰을 교복 안주머니에 욱여넣었다.

하늘이 참 파랗다. 구름도 한 점 없는 맑은 날씨다. 눈물이 나올 것 같아 차라리 고개를 들었다.

"그래. 좋게 생각하자."

어차피 대학에 뜻도 없었고 이깟 학교 때려치우면 그만이다. 빨리 취업이나 해서 이른 나이에 성공도 나쁘진 않다. 미래에 대한 이런저런 생각을 하고 있는데, 누군가 내 머리 위에 있는 듯했다. 올려다보니 하늘에 웬 여자애가 매달려 있다.

참으로 이상한 여자애였다. 술을 마신 건지 약에 취한 건지 자신만의 생각에 빠져 남들은 아예 신경 쓰지 않는 듯했다. 여자애의 위태한 걸음마다 사람들은 비명을 질렀다. 여전히 그 아인 개의치 않았다. 사뿐사뿐 나풀나풀, 나비가 나는 것같이 난간 위를 아슬아슬 걸었다.

"501호 정말 위험합니다! 내려오세요!"

확성기를 입에 댄 경찰이 그 아일 보며 외쳤다. 순간, 그 아이가 걸음을 휘청거렸다. 동네 주민들이 비명 섞인 울음을 내

질렀다. 그제야 그 아이가 멈춰서 바닥을 내려다봤다. 타인을 향한 조소를 잊지 않은 채 양팔을 활짝 펴 날개를 폈다.

아무것도 생각나지 않았다. 이젠 사랑인지 우정인지 정말로 헷갈려 버린 혜령이의 얼굴도, 학교 잘리면 인간 구실 못한다는 빡세의 얼굴도, 졸업장만 따라며 늘 내 생활을 못마땅해했던 엄마의 얼굴도, 그 아이와 마주친 순간 모든 기억은 사라졌다.

하늘에서 뛰어내리려던 옆집 아이, 그 아인 그렇게 천연한 얼굴로 날아올랐다.

샛별 아파트에 작은 해가 봉긋 솟는다. 블라인드에 가려 빛이 들지 않는 건 아마 501호 한 곳뿐일 것이다. 동네 주민들이 문밖에서 소리를 질렀다. 옆집 아인 열어 줄 생각이 없는 것 같았다. 벨을 누르거나 말거나 그보다 더 크게 텔레비전 볼륨을 높였다.

"501호! 당장 문 열라고! 당장 이 문 안 열어!"

문 너머 들려오는 난잡한 소음에 나는 귀를 틀어막았다.

502호, 애석하게도 우리 가족은 며칠 전 이곳으로 이사했다.

엄마 짐 많으니까 아파트 앞으로 좀 나와 봐

아파트 입구까지 오르는 길목에는 계단이 수십 개나 늘어져 있었다. 탈 때마다 덜컹거리는 엘리베이터는 얼마나 사람의 심장을 쫄깃하게 만드는지 모른다. 사이사이 칠이 벗겨진 아파트 외벽은 멀리서 보면 흉가처럼 흉물스럽다.

"하필 이사를 와도 꼭."

나는 툴툴거리며 계단을 걸었다. 아빠의 갑작스러운 지방 발령 덕에 우리는 이산가족이 됐다. 아빤 우리 가족이 모두 부산으로 내려가길 원했지만 엄만 나의 교육 문제를 핑계 삼아 서울에 남길 고집했다. 먼저 살던 아파트를 처분하고 그 옆의 낡은 아파트에 입주한 것도 그 때문이다.

내려가는 계단 입구에는 집을 팔라는 전단지가 덕지덕지 붙어 있었다. 전국 집값이 온통 하락세라고 하는데 이곳은 곧 재개발된다고 했다.

"올 초 점집에 가서 부적을 쓴 게 효과가 있나 봐."

엄만 유난히 들떴다. 이곳이 재개발 부지로 확정된 게 총각보살의 부적 때문이라 믿는 것 같았다. 안 그래도 좁아터진 입구엔 공인 중개업자들이 빽빽하게 자리를 잡았다. 행여 옆집 여자애 때문에 파장이 일까 샛별 아파트 주민들은 은근히 불안해했다.

정자 앞, 옹기종기 모여앉은 동네 주민들이 오늘도 하나같이 501호 미친년을 씹는다. 한두 번이 아니라고 했다. 매번 이렇게 살 수는 없다며 주민들은 핏대를 세웠다.

"어이, 502호 댁, 이리로 와 봐요."

이번에 이사 온 502호 댁, 우리는 여기서 그렇게 불리고 있다. 놀라움과 안타까움, 약간의 탄식을 담아 주민들이 우리 모자(母子)를 위로했다. 나는 그들에게 머리를 조아렸다. 최대한 비스듬히 정자에 걸터앉아 어떻게 하면 예의 바르게 빠져나올까 생각을 굴렸다.

"502호 댁은 진짜 괜찮은 거야?"

코털이 비죽 솟은 경비가 엄마에게 물었다.

"지금 어떻게 하면 501호를 쫓아낼까 생각 중인데……."

뜬구름 잡는 물음에 엄마는 멀뚱멀뚱 아저씨를 바라봤다.

"정말 괜찮은 거지?"

경비 아저씨가 차마 엄마의 손은 잡지 못하고 내 손을 잡았다. 사태의 심각함을 느낀 엄만 자세를 곧추 잡았다.

오우 마이 갓!

충격적인 얘기를 들었다. 우리 옆집에 사는 여자애가 은둔형 외톨이*라고 한다.

"압니다. 저희도 물론 알아요. 저희 득 봤습니다. 싸게 이사 왔죠. 시세에 비해 그저 싸서 봉 잡았다 생각했습니다. 근데 미친년이 옆집에 산다니요. 우리요, 그거 알았으면 아무리 싸

---

*은둔형 외톨이 일체의 사회 활동을 거부한 채 집 안에만 틀어박혀 지내는 사람   15

도 이사 안 왔습니다."

그때부터 엄마는 흥분 상태, 이판사판, 너 죽고 나 죽자 태세로 돌입했다.

"알지. 그 댁이 제일 맘고생 심한 거."

격양된 엄마의 말투에 주민들은 미안한지 고개를 떨어뜨렸다. 엄마 말로는 우리 가족은 너무 심성이 곱고 정직해 평소에도 손해를 많이 보고 사는 부류라고 한다. 물론, 근거는 없다.

엄마는 지금까지 아무 말도 못했다며, 밤마다 집으로 들어가는 게 무섭고, 곧 있으면 고3이 될 괜한 내 성적 걱정까지 했다.

"그 집 딸내미도 댁네랑 같은 고등학교에 다닌다던데……."

얘기가 길어질 거 같은 불길한 예감이 들었다. 난 엄마의 눈을 피해 봉지를 잡았다. 가뜩이나 흉흉한 세상, 이런 일은 무조건 모른 척하자는 게 내 평소 지론이다. 들썩이는 내 엉덩이를 엄만 지그시 눌렀다.

"아니, 걔네 부모란 사람은 뭐 하고 있대요? 자식새끼가 그렇게 온전하지 못하면 병원에 입원을 시킨다든가, 보호 시설에라도 넣든가, 우리가 무슨 성인군자도 아니고 왜 미친년 눈치를 보며 살아야 합니까?"

"엄마밖에 없대. 그것도 아침 일찍 나갔다 밤 늦게나 돼야 들어오고. 우리도 그이 얼굴을 잘 못 본다니까."

"그럼 그 미친년을 그냥 보고만 있자는 말이에요?"

"미친년이 아니라 은둔형 외톨이."

엄만 미친년이란 사실을 굳이 힘주었다. 엄마가 교양 있는 아줌마가 아니라는 게 새삼 부끄러웠다.

"이 문제를 알게 된 이상 더는 간과할 수 없습니다. 이건 엄밀히 말하면 부동산 사깁니다. 사기!"

갑자기 엄마가 두 주먹을 불끈 쥐더니 하늘 위로 손을 뻗쳤다.

"여러분! 우리 모두 501호 미친년을 쫓아냅시다!"

얼결에 주민 몇몇이 엄마를 향해 열띤 박수를 쳤다.

엄만 아빠와 내 앞에서 동 대표를 하겠다고 선언했다. 억양은 정중체에 가까웠으나 실은 거의 통보였다. 엄마를 중심으로 아파트엔 작은 조직 위원회가 구성되었다.

이른바 '옆집 타도'!

엄마는 신이 나서 아빠에게 자랑했지만 아빠는 좀처럼 웃지 않았다. 혼자 지내는 타향살이가 유쾌하지만은 않은 모양이었다. 엄마는 남자가 애처럼 약해 빠졌다고 속을 긁었고, 아빤 울컥해 여자가 나댄다고 비아냥거렸다. 일주일 만의 만남이 살가울 거란 나의 예상은 비껴 나갔다. 두 분의 목소리는 점점 커졌다.

"학교 다녀오겠습니다!"

나는 재빨리 가방을 잡았다. 오늘 같은 기분으론 학교에 가고 싶지 않지만 어쩔 수 없다. 이미 빡세에게 폭풍 문자가 열다섯 개나 쏟아져 들어와 있었다.

"왜 이렇게 내 주변엔 날 괴롭히려는 인간들로 바글거리는 건지……."

나는 구시렁대며 조용히 집 밖을 빠져나왔다.

아들, 아빠 지금 부산으로 내려간다. 넌 절대 결혼 같은 거 하지 마라

아빠는 마지막 유언처럼 메시지를 남기고 서울을 떠났다. 두 분의 대화가 좋게 마무리되지 않은 게 확실했다. 울적한 마음에 놀이터에 걸터앉아 담배를 물었다. 같은 교복의 익숙한 얼굴이 나를 보며 아는 척했다. 그들과 함께 노닥거리다 1교시 시작 직전이 돼서야 조심스럽게 교실로 향했다. 최대한 아무렇지 않게 들어가려 했는데 빡세가 수업도 들어가지 않은 채 날 기다리고 있었다. 나는 아직 빡세를 만날 마음의 준비 따위 되지 않았는데.

"쌤, 저 왔습니다."

최대한 친근하게 말을 붙였다. 나를 보자 빡세의 눈썹이 일자로 모였다. 애써 삭이려는지 빡세는 "누구세요?" 하고 물었다. 이미 예상했던 반응이기에 나는 묵묵히 고개를 눌렀다.

"그러지 말고 한 번만 용서해 주세요, 쌤."

빡세의 입술이 분노로 들썩거렸다.

"아아, 우리 학교 학생이셨구나? 며칠 전에 학교 소각장에서 그 난리를 피워 퇴학당한 학생, 맞으시죠?"

"죄송합니다. 잘못한 거 진심으로 뉘우치고 있으니까 한 번만 더 기회를 주세요."

"기회? 내가 너한테 기회를 몇 번이나 줬는데 지금 네 입에서 기회라는 말이 나와? 이 자식아, 양심이 있으면 차라리 빌지를 마."

그간의 말과 행동, 잘하겠다는 다짐과 선언, 수많은 반성문들. 그래, 솔직히 진심 아니었다. 인정하는 의미로 다시 한 번 머리를 숙였다.

"쪽팔린 줄 알아. 요즘 시대가 어떤 시댄데 고2가 고졸도 아닌 자퇴? 세상이 그리 만만한 줄 알아? 어쩌다 학생 주임 말년에 너 같은 놈 담임까지 맡게 돼서……. 교직 생활 20년 만에 너처럼 안하무인은 처음 본다."

"죄송해요. 그날이 진짜 마지막이었어요. 이번에 진짜 금연하려고 했는데……."

사실 나도 기분이 좋은 건 아니다. 어떻게 매번 사고를 쳐도 나만 그렇게 족족 걸리는 건지. 그것도 매번 빡세 저 자식에게만 들키는 긴 저주에 가까운 일이다. 저 자식은 자신이 학생

주임이라는 걸 무슨 대단한 권력처럼 여겼다. 퇴학을 빌미로 협박한 게 벌써 여러 차례다. 당당히 내 손으로 자퇴서를 휘갈겨 쓰고 싶은 심정이지만 먼 지방에서 고생하시는 아빠의 얼굴이 떠올라 그럴 수 없었다. 오늘도 옆집 타도를 외치며 고군분투할 엄마의 눈물도 생각이 났다. 두 분이 빡세 저 자식한테 빌빌대는 건 내 눈에 흙이 들어가도 못 볼 일이었으니까.

"사실, 저도 쌤한테 말 못할 고충들이 있다고요."

나는 눈물을 글썽거렸다. 곧 이혼을 하느냐 마느냐의 갈림길에 선 부모님. 그 사이 양육권 논쟁에 낀 어정쩡한 나는 이러지도 저러지도 못하고 중간에서 방황하고, 거기에 더 이상 떨어질 것 없는 성적과 말도 징그럽게 안 듣는 여자 친구, 새로 이사한 아파트 옆집의 소소한 이야기까지. 나는 최대한 절박하게 나를 포장했다.

"잠깐! 잠깐! 네가 이번에 샛별 아파트로 이사를 했다고?"

아무래도 내 소름 끼치는 연기력이 먹힌 것 같았다. 빡세는 자신의 분신인 엑스칼리버를 바닥에 지그시 내렸다.

"네, 그곳이 터가 안 좋은지 이사를 하고 나선 되는 일이 하나도 없네요. 솔직한 지금의 심정으론 모든 걸 내려놓고 싶은 마음입니다."

내 삶이 얼마나 힘들었을지, 내 삶이 얼마나 고달팠을지, 예민한 십 대가 겪을 수 있는 모든 고충과 애환을 담아 썰을 뒤겼다.

"그러니까 네가 이번에 이사를 한 아파트가 샛별 아파트 3동 502호란 말이지?"

"아, 그렇다니까요."

그 동네에 무슨 땅이라도 사 두셨나? 왜 저리 우리 동네에 관심을 갖는 거야?

"불쌍한 제자 살리는 셈 치고 한 번만 더 기회를 주십쇼. 퇴학은 그럼 철회하는 걸로 알겠습니다."

발가락 끝이 저릴 즈음 나는 모른 척 자리에 섰다. 혼이 나간 듯 내 말을 경청하던 빡세가 어벙한 얼굴로 나를 보았다.

"그럼 믿고 가겠습니다. 쌤."

절뚝거리며 재빨리 복도를 향했다.

"박무민! 거기서 스톱!"

스리슬쩍 넘어가려던 내 계획이 순식간에 무너지는 순간이었다. 나는 황급히 무릎을 꿇었다.

"쌤, 진짜 한 번만 봐주세요. 울 엄마 아시면 쓰러지셔요. 한 가정이 쌤 때매 풍비박산 나는 꼴 진정으로 보고 싶으세요?"

체면 불구하고 나는 빡세의 바짓가랑이를 붙잡고 늘어졌다. 제발 시키는 건 뭐든지 할 테니 한 번만 더 기회란 걸 줘 보라고. 억지로 짜낸 눈물도 한 움큼 쏟았다.

"진짜 너 내가 시키는 건 뭐든지 할 수 있어?"

빡세가 나를 향해 가늘게 눈을 치켜세웠다.

안 된다. 절대 못 한다. 죽어도 할 수 없는 일이다. 엄연히 세상엔 내가 할 수 있는 일과 내가 할 수 없는 일이 존재하는 법이다. 빡세가 요구한 건 내가 할 수 없는 범주에 속했다. 그건 비단 나만이 아니다. 이곳 주민들 역시 할 수 없는 일이다. 엄마가 중책을 맡고 있긴 하지만 그것 역시 되리라는 보장도 없었다. 내가 무슨 수로 남들 다 기피하는 옆집 여자애를 학교에 끌고 나와야 한다는 건지.

"디데이 33일. 순희가 학교를 제적당하기 전까지 네가 데리고 나오면 퇴학 철회, 아니면 퇴학은 그대로 진행된다."

머릿속이 복잡해졌다. 이런 울적한 마음을 아는지 모르는지 운동장 먼지는 말갛기만 했다. 등나무에 기대앉아 지난날의 잘못을 반성하고 또 반성했다. 이런 긴박한 상황 속에서도 비굴해질 수밖에 없는 내 처지가 가여워 견딜 수 없었다.

"뭐 해?"

저 멀리 대걸레를 들고 오던 소녀가 내 앞에 멈췄다.

"정녕 이것밖에 방법이 없는 걸까?"

나는 진지하게 소녀에게 물었다.

"울면서 눈물로 호소를 해도 안 되는 걸까?"

몇 번 찔러준 돈 봉투도 한 큐에 날려 버리는 놈이니 이번에도 어차피 빡세의 뜻에 따라야 할 거다. 그렇다고 무조건 빡세의 말을 따르긴 싫었다. 그러기엔 난 너무나도 영혼이 자유로운 인간이었다. 그 자식이 찍소리도 못 할 만큼 날 인정하게 만들고 싶었다. 그 욕구가 너무나 간절해 빡세의 환영이 머릿속을 떠나질 않았다.

"빡세에게 협박당하고 있어."

아닌 게 아니라 빡세는 진심으로 날 협박하고 있었다. 선생이란 지위를 이용해 자신의 사리사욕을 채우는 간사하고 부도덕한 놈. 직접 하라고 항변해 봤지만 직접 할 수 있으면 나에게 시키겠냐는 정확한 답변만 돌아왔다.

"아무래도 이참에 학교를 때려치워야겠어."

진중하게 집에 돌아가 아빠가 계신 부산행을 논의해야겠다고 생각했다.

"학교 때려치우면 뭐 하게?"

"돈을 벌 거야. 그래서 부자가 될 거고."

"네가 무슨 재주로 돈을 벌어? 기술이 있냐? 머리가 똑똑하냐? 그렇다고 얼굴이 잘생기길 했냐?"

명색이 여자 친구라는 게 눈 하나 깜짝하지 않고 상처 되는 말만 쏟아붓는다.

"부산이 서울보단 경쟁이 덜 치열할 테니 거기 내려가면 어떻게든 되겠지. 그곳에서 난 희망을 찾겠어."

입술을 앙다물고 주먹을 불끈 쥐었다.

"지랄."

아무리 소녀가 지랄이라 외쳐도 이건 분명한 집터의 문제다. 옆집에 살아도 하필이면 미친년이 산다는 비극적 사실. 걔 때문에 죽음을 당한 원혼들이 이승을 뜨지 못하고 집 주변을 배회하는 것이다. 순진한 나에게까지 불똥이 튀긴 건 물론이고 말이다.

"너 혹시 지순희라고 알아?"

지순희란 이름 석 자가 떨어지자마자 혜령이 있는 대로 얼굴을 구겼다.

"걔? 완전 똘아이잖아."

완전 똘아이 그 애 때문에 빡세는 엄한 날 이끌고 장충동의 족발 골목으로 향했다. 대대손손 내려오는 원조 족발집들이 저마다 1등을 뽐내며 길게 늘어져 있다.

커피숍 창 너머에서 아줌마가 우리를 찾기 위해 두리번거렸다. 빡세는 아줌마를 보며 손을 번쩍 들었다. 아줌마 역시 누런 이를 드러내며 환하게 웃었다. 아줌마의 위풍당당한 등장에 쌉싸름한 커피향이 단박에 걷혔다. 더러운 앞치마의 돼지기름 냄새가 단숨에 커피숍을 족발집으로 탈바꿈시켰다.

아줌마는 미끄덩한 손으로 내 손을 잡았다.

"네가 무민이구나. 박세만 선생님에게 얘기는 많이 들었다. 우리 순희, 정말 잘 부탁한다."

아줌마는 포장된 족발을 선물이랍시고 내게 밀었다. 받아 드는 비닐봉지 역시 미끄럽긴 마찬가지다. 그리고 이어지는 진부한 레퍼토리는 절로 나를 졸음으로 향하게 했다. 사는 게 바빠 자식새끼 하나 건사하지 못한 자신의 난한 삶과 이 나라를 향한 터무니없는 분노, 순희도 처음부터 그러지는 않았다며 아줌마는 내 앞에서 연신 눈물을 훔쳤다.

"그러지 않아도 그것 때문에 순희 방에 감시 카메라를 설치했으면 하는데요."

빡세가 우리에게 털어놓은 계획은 가히 충격적이었다. 은근 변태 성향에 관음증의 소유자가 아닌지 의심이 없었던 건 아니지만 그러기에 순희를 향한 빡세의 열정은 너무나 단단해 보였다.

"이번이 정말 마지막이에요. 학교에서도 더 이상 봐주지 않을 겁니다."

최선을 다해 버티는 것도 한계가 있다, 순희도 저렇게 나오는데 방법이 없지 않느냐, 이제라도 우리가 나서야 한다 등등, 구구절절한 빡세의 설득에 어느새 나는 고개를 끄덕이고 있었다.

다시 말하자면, 빡세가 세운 계획은 조그만 소형 카메라를 순희의 방에 설치하는 것이다. 무선 작동이 가능한 이 카메라는 내 휴대폰과 연결될 거다. 나는 앞으로 순희의 모든 행동을 관찰하고, 행여 순희가 위험한 행동을 한다면 즉시 옆집으로 튀어나가야 한다. 순희를 보호하는 것 역시 내가 맡아야 할 중책 중 하나다. 순희를 학교에 나오게 하는 건 내게 주어진 비밀 임무고.

"전 힘들겠는데요."

한숨을 숨기고 고개를 저었다. 빡세가 내 발등을 지그시 눌렀다.

"어머니, 순희 어떻게든 졸업시키셔야죠. 재능 있는 학생이었고 충분히 극복할 학생입니다. 절 믿고 이번 한 번만 제 말대로 해 주세요. 네?"

빡세의 갸륵한 노력 덕분이었을까? 아니면 내 믿음직한 얼굴 때문이었을까? 다행히 순희의 방에는 감시 카메라가 설치되었다. 설치하는 과정이 꽤나 복잡하긴 했지만 어찌 됐든 순희의 일상은 내 스마트폰을 통해 24시간 생중계된다. 빡세는 나에게 그것들을 면밀히 관찰한 뒤, 순희에 대한 보고서를 하루 한 번씩 자신의 책상 위에 가져다 놓으라고 했다. 차라리 반성문을 100장 쓰는 게 나을 것 같은, 아주 지루한 관찰은 그렇게 시작되었다.

진술서

작성자 : 지순희

반성합니다. 온갖 후회와 자책으로 얼룩진 내 과거를 반성합니다. 나는 지금 당신들에게 내가 저지른 엄청난 죄에 대한 용서를 구하려고 합니다. 시린 겨울 발가벗고 몇 시간을 무릎 꿇어도 용서받지 못할 겁니다. 이 죄를 당신들이 너그러운 마음으로 사죄해 주길 간곡히 기원합니다.

나는 빛이 들지 않는 곳에 살았습니다. 내가 사는 그곳은 늙은 경비 아저씨가 관리하는 조그만 동네였죠. 흔히 다세대 아파트라고 불리우는 그곳에서도 나는 철저히 혼자로 지냈습니다. 돌이켜보면 사고가 있은 이후부터 나는 늘 혼자가 익숙했던 것 같습니다. 그 아이가 손을 내밀기 전까진 나는 그게 더 편했던 것 같습니다.

내 이름은 지순희입니다. 이름이 좀 촌스럽습니다. 내 이름을 지어 준 아빠는 내가 일곱 살 때 하늘나라로 가셨습니다. 그 덕에 엄마는 어린 나를 버려두고 생계 전선에 뛰어들었습니다. 슬프지 않았습니다. 씩씩하게 사는 게 옳다고 여겼습니다. 정확히 그날이 오기 전까진 나는 어느 누구보다 밝았다고 자부합니다.

미처 잠그지 못한 물이 싱크대에 똑똑 떨어집니다. 나는 일부로 그 물을 잠그지 않았습니다. 내 방에 전구는 모조리 빼놓았습니다. 그 대신 나는 온 집 안에 초를 켜 놓습니다.

빡세가 외로워 보인다면서 어항을 하나 건넸습니다. 그 안에 열대어도 몇 마리 넣었습니다. 나는 그 열대어에 일부러 밥을 주지 않았습니다. 며칠 뒤 열대어는 순리대로 죽었고, 나는 그것들을 치우지 않았습니다. 시간이 지나자 열대어에 곰팡이가 푸릇푸릇 피었습니다. 예쁘게 형형색색 피었습니다.

보다 못한 빡세가 이번엔 화초를 사다 줬습니다. 채송화라는 이름처럼 예쁜 꽃이 주렁주렁 매달린 화초입니다. 나는 그 화초에 일부러 물을 주지 않았습니다. 화초들이 하나씩 말라 갔습니다. 누렇게 잎이 뜨고 바닥으로 꽃이 떨어졌습니다. 나는 그렇게 또다시 화초를 죽이고 말았습니다.

지금 내 낡은 컴퓨터와 감색 옷장 위에는 오래된 먼지가 뿌옇게 얹혔습니다. 나는 그 먼지들을 일부러 닦지 않았습니다. 온갖 먼지, 쉬파리, 곰팡이, 진드기, 쓰레기. 나는 그 속에서 지내야 하는 인간이기 때문입니다.

지금 내 시간은 작년 크리스마스이브에서 멈춰져 있습니다. 다들 제 생일을 맞은 듯 온 도시가 떠들썩했습니다. 그때 우리 모두는 행복했던 것 같습니다. 단, 몇 사람만 빼고 말입니다. 나는 나를 그 시간에 가두었습니다.

관찰 1일째

순희가 여린 손가락을 들어 컴퓨터의 전원 버튼을 힘차게 누른다. 전원이 들어오면 인터넷 창을 열고 쇼핑몰에 들어가 이것저것 골라 담는다. 인터넷이 발달하여 사는 게 편해졌다. 집 밖을 나가지 않아도 원하는 물건은 모두 얻을 수 있다. 새벽 다섯 시 반에 우유는 정확히 배달되어 오고, 순희는 그 우유와 밥을 섞어 아침을 먹는다. 그 외에 딱히 먹는 건 없었다. 빡세 말로는 최소한의 영양식 외에는 섭취하지 않는다는 이상한 고정관념 같은 게 있다고 했다.

식사를 하고 배가 부르면 순희는 텔레비전을 켰다. 채널이 100개가 넘는 텔레비전은 굳이 밖을 나가지 않아도 세상의 모든 곳을 보여 준다. 특히, 순희는 무한도전에 열광했다. 하루 종일 TV는 무한도전에 고정돼 있다. 오후가 넘어서자 순희는 러닝머신에 올랐다. 집 밖을 나갈 순 없지만 뜀박질은 어느 곳이든 가능하게 됐다. 한참을 뛰고 있는데 녀석 집의 벨이 세 번 울린다. 보지 않아도 알 수 있다는 듯 순희의 표정이 한 치의 흐트러짐도 없다. 이것은 곧 택배가 도착했다는 신호다.

벨을 세 번 누른 뒤, 물건은 문 앞에 놔두고 가세요.

배송 시 요구사항에 적기만 하면 모든 게 이루어진다. 택배 기사가 사라질 때쯤, 순희는 택배를 가지고 온다. 전날 구매한 1,000피스 퍼즐과 양파즙이다. 구매 결정을 갈등하는 눈치더니 원 플러스 원 홍보 문구에 넘어간 거 같았다. 그렇게 1,000피스 조각을 세 시간에 걸쳐 맞춘 뒤, 해가 뉘엿뉘엿 넘어가자 양초에 하나씩 불을 붙였다. 마지막 초에 불을 밝히는 시점, 나는 녀석의 집 앞에 섰다.

"옆집에 이사 왔는데 떡 좀 받으시라고요."

낯선 음성에 대한 호기심 때문일까? 녀석이 신발장 앞으로 다가와 몸을 숨긴다. 그러더니 몸을 쭉 빼 현관문을 보았다. 나는 다시 한 번 벨을 눌렀다.

"아무도 안 계세요?"

나는 떡을 들고 있었다. 거뭇한 시루떡이다. 엄마는 이사 뒤 굳이 집집마다 떡을 돌려야 한다는 구시대적 사고방식을 고수하였다. 요새 떡 돌리는 사람이 어디 있냐고 나무랐지만 엄마는 원체 내 말을 듣지 않는다. 두 박스나 되는 떡을 근처 떡집에서 주문했다.

막 만들어진 떡은 허연 김이 폴폴 올랐다. 뜨끈한 게 먹음직스러워 보였다. 문에다 귀를 대 들어 봤는데 어떠한 잡음조차 들리지 않았다. 기약 없는 기다림에 지쳐서 주변을 살폈다. 조그만 신문 구멍이 보였다. 조심스럽게 바닥에 앉아 그 구멍을 열었다. 기다렸다는 듯 구멍이 활짝 열렸다. 납작 엎드려 501호 내부를 살폈다. 컴컴한 방 안 가득 촛불들이 제멋대로 넘실거렸다. 정리되지 않은 가구들이 여기저기 뒤섞여 있었다. 신발도 불규칙적으로 나뒹굴었고 바닥에는 허연 먼지가 솜방망이처럼 굴러다녔다. 좀 더 세밀하게 살피려 눈알을 돌리는데, 구멍 반대편으로 누군가의 눈이 불쑥 나왔다.

"엄마야!"

나는 놀라 그 자리에 나자빠졌다. 순희는 그대로 신문 구멍을 막았다.

"뭐야, 저거. 있으면서 없는 척은."

삐딱함이 올라와 불평을 토하려는데 손에 쥔 휴대폰이 울렸다. 나의 천사 혜령 님이다.

"어, 소녀."

"나 좀 살려 주라."

"어딘데?"

"천재학원 3층 여자 화장실 맨 왼쪽 칸."

"야! 너 또 휴지 안 갖고 갔냐?"

어째 한동안 잠잠하다 했다. 귀에 딱지가 앉도록 혜령이에게 당부했다. 윤리, 도덕, 사회문화, 기술가정, 그딴 거 공부할 시간에 그냥 인간이나 되라고. 혜령인 나를 너무 밥처럼 여기는 게 탈이다. 굳이 나에게까지 넘어오지 않아도 될 일을 나에

32

게 시킨다. 꼬부기의 말에 따르자면 이건 여자들의 본능적인 애정 테스트라고 했다. 행여 내가 한 소리 할까 싶어 혜령이가 급하게 전화를 끊었다.

"에이씨!"

급하게 투덜거리며 계단을 향했다. 손에 든 시루떡이 거추장스럽다. 나는 방향을 틀었다. 501호 문 앞에 곱게 포장된 떡을 내려놓고 다시 한 번 힘차게 벨을 눌렀다.

"떡 놔두고 갈게요. 식기 전에 드세요. 꼭이요."

관찰 2일째

순희가 간밤에 화장실을 들락날락거렸다. 아무래도 시루떡 때문인 거 같았다. 뒤늦게 확인한 동영상에는 내가 내려간 뒤 정확히 35분 만에 문을 여는 녀석의 모습이 포착되었다. 무심하게 시루떡을 식탁 위에 팽개치더니 한동안 그것을 뚫어져라 노려보았다.

한 시간쯤 흘렀나?

녀석이 슬금슬금 시루떡 한 귀퉁이에 손을 가져다 댔다. 행여 누가 볼까 주변을 두리번거리며 후다닥 제 입에 넣더니 모른 척 한참을 오물거렸다. 그러고는 밤새 구토를 했다. 체한 건지 상한 건지 모르겠지만 난 분명 식기 전에 먹으라고 당부했었다. 날 부디 좋은 인상으로 기억해야 할 텐데 걱정이 앞섰다.

"옆집인데요."

내 목소리를 듣자마자 순희가 재빠르게 현관으로 향했다. 어제의 원망이 묻은 얼굴에 나는 잠시 주저거렸다.

"제가 꼭 할 말이 있는데……."

순희가 문구멍을 통해 문밖을 내다보았다.

"정말 할 말 있어요. 진짜 중요한 얘기거든요."

최대한 가녀린 표정을 지었다.

"안에 있긴 확실히 있는 거죠?"

처량한 내 목소리에도 녀석은 여전히 묵묵부답이었다.

"근데 사람이 왜 그래요? 대체 있으면서 왜 없는 척해?"

그때부턴 나도 열이 받았다. 문 하나를 사이에 두고 끝까지 버티는 녀석이 얄밉다. 막말로 그렇지 않은가. 공동생활에서 반상회가 얼마나 중요한데. 아줌마들이 전부 501호를 욕한다. 집값 떨어진다고 욕하고. 재수 없다 그러고.

"내가 진짜 이런 말까진 안 하려고 그랬는데, 좀 극단적인 아줌마들은 칼부림 날까 봐 애를 저녁엔 내보내질 않는대. 몰랐죠? 그러니까 문 좀 열어 봐요."

다른 얘기도 많이 안다고 사정했다. 501호 욕한 사람들 호수까지 전부 가르쳐 줄 의향도 있었다. 한사코 같은 편이라는 사실을 강조했는데 녀석은 여전히 침묵을 지켰다.

"야! 할 말 있다고! 혼자 살 거면 아파트를 왜 와? 단독으로 가지. 너희 집 반상회비도 엄청 밀렸더라. 안 나오면 진짜 확 쳐들어간다! 아씨! 짜증 나. 졸라 씹네."

성질을 못 이겨 501호 문을 발로 뻥뻥 차 댔다. 괜히 내 발만 아팠다.

진술서

옆집에 새로운 녀석이 이사를 왔습니다. 이번에는 얼마 동안 버틸지 궁금했습니다. 대부분의 사람들은 얼마 지나지 않아, 이 동네를, 아니 나를 떠나가 버렸습니다. 사람들은 날 탓했겠지만 내 생각엔 그들의 의지가 많이 부족해 보였습니다. 그 아이가 이사 기념이라며 시루떡을 들고 찾아왔습니다. 물론, 나는 문을 열어 주지 않았습니다. 그 아이가 내 소문을 들었는지 문 앞에 시루떡을 놔두고 간다고 말했습니다. 나는 한참 만에 시루떡을 가지고 들어왔습니다. 오랜만에 마주 본 시루떡이 참 먹음직스럽게 생겼습니다. 이 일이 있기 전까지 난 떡을 엄청나게 좋아하는 아이였습니다. 딱 한 조각입니다. 딱 한 조각만 먹고 싶었습니다. 그렇게 나는 내 양심의 선언을 저버리고 시루떡 한 조각을 몰래 먹고 말았습니다. 그것 때문이었을까요? 시루떡을 먹고 나서 하루 종일 끙끙 앓았습니다. 속이 더부룩하고 메스껍고 신트림이 끊임없이 올라왔습니다. 역시 난 우유밥 외에는 안 되는 인간이라며 자책했습니다.

관찰 3일째

– 오전 –

엄마가 앞으로 쓰레기 분리수거는 내 담당이라고 선언했다. 난 보호받아야 할 청소년이라고 외면했지만 엄마는 눈 하나 깜짝하지 않았다. 난 그런 험한 일은 할 수 없다고 버텼는데 내가 학교에 간 사이 엄마가 쓰레기봉투를 모두 내 방에 쑤셔넣었다.

봉투를 들고 복도로 나왔다. 어째 먹는 것보다 버리는 게 더 많은 음식들이다. 엄마는 무슨 살림을 이따위로 하는지 모른다. 주부로서의 본분은 그렇다 치고 엄마로서의 본분까지 놓은 건 슬펐다. 투덜대는 내 뒤통수에 대고 엄마는 분리수거를 철저히 하라고 몇 번이고 당부했다.

그때다!

내 앞에 믿기 힘든 기적이 일어났다. 모세의 바다처럼 501호 문이 쩍 하니 갈라진 것이다. 몇 번을 두드려도 열릴 것 같지 않았던 금지의 문이 목요일 분리수거일에 딱 맞춰 열렸다.

그래. 녀석도 분리수거는 해야겠지.

감격의 도가니가 흘러넘쳤다. 그런데 문밖으로 나온 건 순희가 아니다. 낯선 여자아이의 모습에 난 경계하였다. 그 아이도 날 발견하고 어색하게 고개를 숙였다.

"너 누구야?"

닫히려는 문 틈새로 고개를 들이밀고 행여 순희의 존재가 있을까 싶어 집 안을 기웃거렸다. 그 아이는 밖으로 나오며 매몰차게 501호 문을 닫았다. 난 본격적으로 이 아이에게 집중하기로 했다. 약간의 자기소개와 신상명세를 덧붙이는데 엘리베이터의 도착음이 울렸다. 우리는 나란히 승강기 안으로 올랐다. 가방 위로 비죽 튀어나온 촌스러운 체육복을 보니 녀석도 우리 학교 학생인 듯 보였다.

"너도 대한고등학교 다니는구나?"

외딴 섬나라에서 아빠를 만나도 이보다 반가울 순 없었을 거다. 나는 임자 있는 몸이란 걸 망각한 채 녀석의 손을 덥석 잡았다.

"난 이번에 순희랑 같은 반이 된 박무민이라고 해. 너도 보아하니 순희랑 친구구나? 그럼 너랑 나도 친구가 되겠네?"

기쁨의 말에도 그 아인 꿈쩍하지 않았다. 다정하게 물어본 내 말이 어색하게 질문은 공기 중에 퍼져 다시 나에게 되돌아왔다. 나는 개의치 않았다. 흥에 겨워 주절주절 떠들어 댔다. 순희가 진짜 저 안에 있긴 한 건지, 몇 번 벨을 눌렀는데 완전 쌩을 깐다던지, 애가 꿈쩍을 안 하고 코빼기도 안 보인다는 식의 담화 같은 거. 마지막은 순희가 나를 무시하는 것으로 결론 지었다.

"애들이 그러는데 쟤 완전 사이코 똘끼라더라. 집 안에만 있는 은둔형 외톨이라고 학교에 소문 쫙 났던데. 넌 쟤 안 무서워? 겁나지 않아? 살다 살다 내 십팔 년 인생에 별 해괴망측한 일도 다 있다. 난 솔직히 쟤 때문에 밤마다 집에 들어가기 좀 겁이 나거든."

어느새 나는 아파트 입구까지 녀석을 따라가고 있었다. 양손에 쓰레기봉투를 든 폼 안 나는 모양새지만 하루라도 빨리 501호의 정체를 밝혀야 했다. 녀석은 내가 불편했는지 최대한 빠르게 걸었다. 난 지지 않고 따라가 기어이 그 아이의 옆에 멈췄다. 머릿속에 궁금했던 질문들을 하나씩 떠올리며 폭격기처럼 입을 쉬지 않았다. 침묵이 답인 듯 그 아이는 철저히 나를 개무시했지만 말이다.

"근데 넌 순희랑은 얼마나 친해? 난 같은 반이긴 한데 아직 친하다고 말할 단계는 아니라서 말이야."

내 무차별적 질문에 지친 것인지, 아니면 그것에 대한 해답을 주기로 작정한 것인지, 드디어 그 아이가 나를 향해 멈췄다. 쓰레기봉투가 운동의 법칙으로 일렁거렸다.

"얘기 중에 미안한데 그냥 좀 내버려 둘래? 순희도, 나도 혼자 있고 싶은데."

그러더니 따라오지 말라며 빠르게 걷는다. 그렇다고 물러설 내가 아니다. 그보다 더 빠르게 그 아이를 향해 뛰었다.

"아니, 난 그냥……. 곧 있으면 학교도 제적이라는데, 빨리 학교로 돌아오는 걸 돕는 게 같은 반 친구이자 이웃사촌으로서 해야 할 도리가 아닌가 싶기도 하고. 고등학교 졸업장이라도 있어야 사람 구실하지. 안 그래?"

녀석의 휴대폰을 낚아채 내 번호로 잽싸게 전화를 걸었다. 휴대폰의 진동이 울리며 녀석의 번호가 찍혔다.

"뭐 하는 짓이야?"

"친구 번호 따는 거잖아."

"뭐?"

"믿기진 않겠지만 내가 의협심이 무지 뛰어나. 잔정도 무지 많고. 언제든 순희에 관해 도움이 필요하면 말하라고."

황망한 표정으로 보는 그 아일 외면하며 혼잣말하듯 중얼거렸다.

- 오후 -

매캐한 먼지가 가득 찬 생활 지도실에 탁한 공기가 모락모락 피어올랐다. 징계 위원회에 회부된 나를 두고 빡세는 열띤 변론을 시작하였다.

"십 대의 꿈을 이렇게 꺾을 순 없습니다. 이렇게 재활 의지가 대단하지 않습니까? 스승이 해야 할 일이 뭡니까? 저는 무민이와 순희 모두 포기할 수 없습니다. 마지막으로 이 아이들에게 한 번 더 기회를 주자고요."

요약하면 대충 이런 말들이지만 어째 과한 느낌을 지울 순
없다.

흡사 거사를 며칠 앞둔 수험장처럼 지도실 내부엔 비장미마
저 돌았다. 빡세는 내게 눈짓을 보냈다. 나는 무안함에 실내화
의 먼지를 털었다.

"무민아, 어서 말씀드려야지."

선한 스승의 표정으로 찌른 옆구리에는 힘이 실렸다. 나는
비명을 애써 누르며 천연덕스럽게 자리에 섰다.

"그러니까 그게 말이죠. 제가 생각한 '친구야, 학교 가자' 기
획이란 게 뭐냐 하면요."

더듬거리며 내가 해야 할 일들에 대해 조목조목 설명했다.
중간중간 식은땀이 흐르고 앞뒤 말이 안 맞는 부분이 있었지
만 다행히 내가 기획한(빡세는 자꾸 자기가 만든 기획을 내가
만든 기획이라고 강조했다) '친구야, 학교 가자'에 대한 평가는
상당히 긍정적이다. 학교에선 나의 프로젝트 성공 여부에 따
라 징계를 잠시 보류하기로 결정했다.

진술서

작성자 : 지순희

  하루 종일 집 안에만 있는 나에게도 나름대로의 삶의 철칙은 있습니다. 절대 사람들 마주치지 않기. 쓰레기는 일주일에 한 번 인적 없는 시간에 버리기. 한 달에 한 번은 날 잊지 말라고 미친 짓 하기. 가끔은 층간 소음으로 사람들 놀리기. 이웃들은 불편하겠지만 나는 신이 납니다.

  하루는 누군가 우리 집에 찾아와 벨을 눌렀습니다. 문도 쾅쾅 두드리고 초인종도 거칠게 눌렀습니다. 나는 밥을 먹는 중이었는데, 이번에는 대동한 인원이 좀 많았습니다. 며칠 전에 내가 조그만 소동을 일으켜서 그런 것 같았습니다.

  "야, 이 미친년아! 문 안 열어!"

  누군가 확성기를 동원해 소리 질렀습니다. 지금 당장 문을 열라고. 안 열면 문을 부숴 버린다고 협박했습니다. 가래 낀

걸걸한 목소리가 거슬렸습니다. 마침, 텔레비전에선 내가 좋아하는 무한도전이 나왔습니다. 문을 열어 줄 생각은 없었습니다. 난 그저 그들보다 더 크게 텔레비전 볼륨을 높였습니다.

관찰 4일째

오지 않을 것 같던 첫 번째 보고 날이 오고야 말았다. 휘갈긴 노트를 챙겨 들고 빡세가 있는 교무실로 향했다. 교무실엔 다행히 아무도 없었다. 은밀하게 계획된 프로젝트를 풋내기 아이들에게 걸릴 순 없는 노릇이니까.

빡세는 묵직하게 엑스칼리버를 쥔 채 나를 기다리고 있었다. 숨을 옥죄어 오는 무거운 공기가 자꾸만 나의 목젖을 쳤다. 나는 눈치를 살피다 자리에 앉았다.

"보고."

두 음절의 짧은 단어에는 어떠한 감정도 들어 있지 않았다. 나는 더듬거리며 노트를 펼쳤다. 꼬부기가 그려 놓은 여성의 나신이 펼쳐졌다. 황급히 다음 장으로 넘겼다. 내 삐뚤빼뚤한 글씨는 나조차 알아보기 힘들 지경이었다.

"보오고."

빡세의 두 음절이 아까보다 조금 더 길게 들렸다. 재촉의 의미임을 알고 있었다. 다급하게 노트를 뒤적이는 손길로 빡세의 옅은 한숨 소리가 겹쳐 왔다. 이럴 땐 시선을 마주치지 않는 게 제일 좋은 방법일 것이다. 하필, 이럴 때 휴대폰이 울릴 게 뭐람.

"앞으로 한 달 남았다."

휴대폰을 조몰락거리다 빡세의 음성에 놀라 떨어뜨렸다.

"잘돼 가는 거 맞지?"

못 미더운 빡세의 얼굴에 순희에 대한 걱정이 묻었다. 나는 대답 대신 어색하게 미소를 지었다. 어떠한 의미로 받아들일지는 철저히 빡세의 자유에 맡기며.

"한 달 뒤면 순희는 출석 일수 부족으로 완전히 학교랑 굿바이야. 그럼 너도 학교에서 잘릴 거고. 알고 있지?"

나는 아까보다 조금 더 환한 미소를 뿌렸다. 떨어뜨린 휴대폰에서 또다시 요란한 진동이 울렸다.

"이번이 정말 마지막 기회라고. 잘 해내야 한다니까."

빡세가 화를 참으려 콧구멍을 벌름거렸다.

거짓말을 해야 할까? 유치원에서 거짓말하면 나쁜 사람이라고 배웠는데.

"쌤, 사실 그게 말이죠."

변명을 생각해야 했기에 나는 대답을 조금 뭉그적거렸다. 아직까지 빡세의 기분이 그렇게 나쁜 거 같지는 않았다. 나의 손이 무료함을 참지 못하고 그새 펜대를 돌렸다.

"요새 제가 부쩍 만나려고 시도는 해요. 제가 시도는 아주 확실하게 하고 있는데, 도통 만나 줄 생각은 하질 않고……."

눈치가 있는 사람이라면 그때 멈췄어야 했는데.

"문을 따기가 어려운데, 문을 따자니 또 그게 주거 침입으로 걸릴 것도 같고. 저도 참 고민이 많네요."

어디선가 그랬다. 진실은 언제든 통하는 법이라고.

빡세는 자리에서 벌떡 일어나 엑스칼리버를 손에 쥐었다. 거무튀튀한 얼굴에는 화기가 올랐다.

"너, 내가 뭐라 그랬어?"

"이번 일 성공 못하면 퇴학이라고요."

"더 크게!"

"나는 고등학교도 졸업 못한 인간 말종이다!"

그때부터 나는 둘둘 말은 A4 용지로 친구들이 지나가는 복도에서 대갈통을 맞아야 했다. 예민한 열여덟 사춘기 소년에게 빡세는 배려가 전혀 없었다.

"징계 없는 학교생활? 선생을 벗어난 학생들의 자립? 말이 좋다. 박무민, 너 같은 새끼는 죽어야 돼. 일단 죽어!"

A4 용지를 우습게 보지 마라. 연타로 맞으면 자존심 상하는 것과 더불어 은근히 아프다. 혜령이가 창 너머에서 날 보며 키득거렸다. 사나이 자존심, 나도 더 이상은 굴복 못 한다. 나는 빡세의 A4를 양손으로 막았다.

"쌤! 그만하시죠!"

"뭐 이 새끼야?"

"쌤에게 두들겨 맞는 이 순간 획기적인 아이디어가 생각났으니까요."

물론 말도 안 되는 구라다.

"그게 뭔데?"

"아직까진 비밀입니다. 보안상의 문제로다가."

내 진지한 표정에 빡세의 열꽃이 차츰 가라앉았다. 하나 내 머릿속은 여전히 혼란스럽다. 도대체 어떻게 하면 고 계집애를 학교에 나오게 할 수 있을지 도통 좋은 생각이 떠오르지 않는다. 빡세 말대로 이제는 시간이 정말 얼마 남지 않았다. 그 안에 무슨 일이 있어도 순희를 끌고 나와야 했다.

"다 잘될 테니까 걱정 말고 기다리세요."

얼른 소각장으로 달려가 담배나 빨며 시름을 잊어야겠다.

관찰 5일째

몽정을 했다. 건강하기 때문이기도 하고 꿈에서라도 휴식을 취하고 싶다는 나의 잠재적 욕망이기도 하다. 최근 며칠간 혜령이만 꿈에 나오면 이상하게 몽정을 한다. 혜령이에게 이유를 물어볼까 하다가 괜히 난리만 칠까 봐 그냥 꼬부기에게 물었다. 꼬부기는 십 대에 그런 행동은 자연스러운 경험이며 내가 건강해서 그런 거라고 칭찬했다. 그러면서 자기도 혜령이가 꿈에 나온 적이 있다고 했다. 나와 같은 경험을 했냐고 묻자 녀석이 대답하지 못하고 움찔거렸다. 그 자리에서 사망 직전까지 꼬부기를 팼다.

"감히 누구의 소녀를 넘봐!"

내가 빡세에게 끌려다니니 이것들도 나를 우습게 아는 것이다. 어쨌든 꿈은 내 의지대로 할 수 없는 것. 나는 전혀 부끄럽지 않았다. 이런 내 사정도 모르고 엄마는 또다시 컴퓨터를 포맷하겠지. 행여 걸릴까 싶어 화장실에서 몰래 팬티를 빠는데 서러움에 눈물이 왈칵 솟았다. 어두컴컴한 곳에서 빨래를 하는 처량한 사내의 뒷모습이란 눈물 없이는 가히 상상하기 힘들 것이다. 그러다 의문이 들었다. 왜 순희는 편리한 전등 대신에 굳이 촛불을 사용하는 것인지에 관해.

다시 한 번 말하지만 순희네 집에는 전구가 없다. 순희의 엄마는 대부분 식당에서 지내니 녀석의 저런 행동을 크게 개의치 않는 듯하다. 순희는 빛 대신 어둠 속에 갇혀 종일을 지낸다. 나 같으면 지루해 미쳐 버릴 거다. 그래서 양초를 피우는 것일 수도 있다. 끝없는 지루함 따위를 달래 보려고 하는 유치한 불장난 같은 거. 그러다 진짜 불이라도 나면 어쩌려는 건지. 재수 없으면 우리 집까지 불에 탈 수도 있다. 걱정이 된다. 불안하다. 잠이 안 온다. 경비 아저씨에게 실례를 무릅쓰고 인터폰을 넣었다.

"아저씨, 혹시 501호에 불난 적이 있나요?"

아저씨는 다행히 불이 난 적이 없다고 했다. 경비 아저씨 말로는 죽느냐 사느냐는 인간이 결정할 수 있는 문제가 아니라고 한다. 그러면서 나에게 교회 주보를 받으러 오라고 했다. 교회 다닐 거면 사거리 앞 교회에 나가라고. 사거리 뒤 교회는 목사가 헌금만 밝힌다고. 무슨 대단한 비밀을 알려 준 것처럼 의기양양했다.

정말 경비 아저씨 말대로 위험도 위험이 아닌 것도 모두 운에 따른 것일까?

관찰 6일째

아들, 드디어 아빠가 사직서를 제출하는 날이구나 벌써부터 가슴이 벅차오른다

내 생활기록부는 언제나 그렇듯 품행이 방정맞고 주위가 산만하며 노력과 끈기를 요함으로 가득 차 있다. 마치 쌤들이 짜고 고스톱이라도 친 듯이 순서만 바뀐 채 내용은 같다. 그렇다면 이 모든 건 아빠를 닮은 탓이다.

한동안 잠잠하던 아빠가 또다시 사고를 쳤다. 사직서를 지갑처럼 가슴에 품고 다니는 게 비단 어제오늘 일도 아니건만 이렇게 문자가 오는 날이면 결례를 무릅쓰고 아침부터 엄마를 깨워야 했다.

"아빠가 직장을 때려치우려나 본데?"

엄마에게 아빠의 문자를 보였다. 엄마가 졸린 눈으로 더듬더듬 옷을 챙겨 입었다. 입으로는 이놈의 인간이라든지, 망할 놈의 남편이라든지, 이번엔 기필코 이혼이라든지 하는 식의 험한 말을 내뱉으며 말이다. 며칠 늦어질지도 모른다며 엄마는 나에게 오만 원을 건넸다. 더 달라고 했다가 괜히 뒤통수만 맞았다. 심술이 나 눈곱이 아직 떨어지지 않았다는 건 알려 주지 않았다. 두 분 사이에 중간 역할이 얼마나 피곤한지 알면 엄마는 차마 이렇게 나를 막 대하진 않으실 거다.

어떤 선택을 하던 저는 늘 아버지를 지지합니다 어머니가 저와 같은 뜻일지는 미지수입니다만

아빠에게 엄마가 곧 내려간다는 답문을 보내고 혜령이와 꼬부기에게 전화했다.

"뭐 하냐? 오늘 우리 집 비는데. 콜?"

꼬부기는 학원이 끝나고 온다고 했고, 혜령이는 귀찮다며 안 온다고 했다. 실망스러운 마음을 금치 못하고 오랜만에 목욕재계를 했다. 언제 왔는지 거실 소파에 혜령이와 꼬부기가 나란히 앉아 있었다. 난 수건으로 중요 부위를 황급히 가렸다.

"언제 왔어?"

그들은 날 쳐다보지도 않고 텔레비전만 봤다.

"삼십 분 전쯤. 빡세한테 많이 맞았다며?"

"아프진 않아. 기분이 더러울 뿐이지."

"빡세는 왜 그렇게 애를 패고 난리냐? 확 신고해 버릴까?"

"됐어. 내가 워낙 맞아야 말을 듣는 인간이잖아."

"자랑이다."

오후 아홉 시가 막 지났다. 혜령이는 볶음밥을 시켜 먹자고 했고 꼬부기는 라면을 끓여 먹자고 했다. 혜령이는 볶음밥을 시키면 짬뽕 국물을 주니 거기다 면을 말아 먹으라고 했고, 꼬부기는 라면을 끓이면 찬밥을 해치울 수 있으니 그게 더 이득이라고 했다. 결국 혜령이 뜻대로 볶음밥을 시켰다. 그럴 거면 처음부터 뭐 먹고 싶으냐고 물어보지나 말지.

볶음밥을 다 먹은 뒤 우리는 나란히 베란다에 앉아 식후땡을 했다. 혜령이의 입술 근처에 밥풀 하나가 섹시하게 붙었다. 그 모습이 얼마나 귀엽고 요염해 보이는지 나도 모르게 혜령이의 입술 근처로 내 입술을 가져다 댔다.

"여기서 이러면 안 되는데……."

혜령이가 수줍어하며 눈을 감았다. 꼬부기가 눈치껏 내 방으로 향했다. 심장이 콩닥콩닥 뛰었다. 고추도 주책없이 부풀어 올랐다. 혜령이의 가슴 근처로 손을 옮기려는데, "야! 불순한 짓은 안 된다고 했잖아!"라며 혜령이가 내 곁에서 멀찌감치 멀어져 갔다. 가슴은 불순하고 입술은 순수하다는 논리는 어디서 나온 것인지.

"너랑 안 놀아. 나 집에 갈래."

토라진 혜령이가 가방을 잡았다. 난 급하게 혜령이를 잡았다.

"소녀, 브라질의 첫 성관계 연령이 평균 17세라는 통계도 있어. 거듭 말하지만 난 브라질에 축구 외에는 뒤처지고 싶지 않다고."

정말이었다. 나는 심각했다. 밤마다 혜령이 생각에 몽정을 하기도 이제는 버겁다. 혜령이는 늘 그렇듯 철벽 수비다. 내 맘도 몰라주는 혜령이는 애들이나 할 법한 뽀뽀를 날렸다. 그것도 자존심 상하게 뺨에다 말이다. 오늘에서야 깨달은 건데 우리에게도 확실한 권태기가 시작된 거 같았다.

"대학 가면 해 준다고 그랬잖아."

혜령이가 미안했는지 내 허벅지에 손가락을 쓸었다. 그런 행동이 날 더 자극시키는 걸 정말 모르는 걸까? 오늘은 나도 물러서지 않겠다.

"대학 못 가면?"

내 성적으로 대학은 어림도 없는 일. 그 말은 곧 나와 잘 의향이 없다는 걸 뜻한다.

"내가 공부는 못해도 눈치는 빨라. 차라리 잘 생각이 없다고 말해."

혜령이가 나를 보며 싱긋 웃었다. 저 계집애, 저렇게 자꾸

튕기다 다른 여자가 후딱 채 가면 어쩌려고 저러는지. 어찌 됐건 혜령이가 웃으니 화가 눈 녹듯 사르르 풀렸다. 다시 수줍게 웃으며 혜령이의 입술을 향해 다가가는데 밖에서 철컥 문 따는 소리가 들렸다. 뒤이어 후다닥 뛰는 발걸음 소리도 들렸다.

"순희다!"

내 동물적 감각이 본능적으로 그 아이를 직감하였다. 눈을 게슴츠레 감고 입술을 살포시 내민 혜령이를 밀어 내고 나는 그대로 문밖으로 뛰쳐나갔다.

정확히는 내 손이 혜령이의 가슴을 타고 올라가고 있을 시점이었다. 순희는 현관 앞 거울에 섰다. 뭔가 단단히 각오한 듯 비장한 표정으로 거울 속 자신을 노렸다. 모자를 깊게 눌러쓰고 마스크를 귀에 걸었다. 후드티의 모자를 뒤집어쓰고 양손에 힘을 주어 잔뜩 조였다. 뭔가 맘에 들지 않는 것 같았다. 커다란 선글라스를 얼굴에 얹자 그제야 만족감의 미소가 보였다. 최종적으로 자신의 모습을 한 번 더 스캔한 뒤 빵빵한 쓰레기봉투를 양손에 잡았다. 그러고는 문에 복잡하게 달려 있는 잠금 장치를 능숙하게 하나씩 열었다.

저벅 저벅 저벅.

인적 없는 밤길을 걷는 녀석의 걸음은 거침없다. 나는 최대한 안 걸리게 녀석을 따라붙었다. 거리낌이 느껴지는지 녀석은 몇 번이고 주변을 살폈다. 숨 쉬는 것조차 조심스러울 만큼 나는 녀석에게 집중했다. 녀석이 잠시 멈칫거리는 사이, 나는 재빨리 자동차 뒤로 몸을 숨겼다. 사이드미러에 비치는 내 모습은 생각하지 못한 채. 차라리 나무 뒤나 잔디밭에 숨어야 했는데. 그것도 모르고 나는 음흉한 미소를 띠었다. 하필 이런 중요한 순간에 문자 알림음까지 울린다. 불같이 화내는 혜령이의 문자다. 집에 가는데 잡지 않았다며 나의 사랑은 딱 그만큼까지라고 했다. 전화해 붙잡아야 하나 말아야 하나 고민하는 사이 녀석이 사라져 버렸다. 정말 순식간의 일이다. 나는 급하게 자동차 뒤에서 나왔다. 사방을 둘러봐도 녀석의 모습은 보이지 않았다. 드디어 역사적인 첫 만남이 이루어지려는데 갑자기 흔적도 없이 사라진 것이다. 그때다!

"따라오지 마."

등 뒤로 녀석의 목소리가 들렸다. 머리 위로는 한 뭉치의 쓰레기더미가 쏟아져 내렸다. 뒤돌아보니 급하게 달려가는 녀석이 보였다.

"야! 거기 서! 안 서? 딱 서! 야!"

쓰레기를 털어 내지도 못한 채 나는 녀석을 뒤쫓아 갔다.

인적 없는 밤, 녀석과 나의 쫓고 쫓기는 추격전이 펼쳐지고 있었다. 녀석은 승강기 안으로 잽싸게 들어가더니 나에게 잡힐까 닫힘 버튼을 연속적으로 눌렀다. 나는 녀석에게 시선을 떼지 않으며 죽어라 달렸다. 빠르게 뛰면 승강기를 잡을 수 있을 것 같았다. 서서히 승강기의 문이 닫혔다. 나는 계단을 향해 방향을 틀었다. 힐끔 엘리베이터를 훔쳐보니 3, 4, 5층. 내 뜀박질보다 정확히 반 박자씩 빨랐다. 헉헉대며 5층에 도착하니 501호 문이 급하게 닫히는 게 보였다. 문을 재빠르게 낚아채려 했지만 나보다 녀석의 손이 조금 더 빨랐다. 그제야 참았던 숨이 턱까지 찼다. 헛구역질이 나오고 억울함이 동시에 터졌다.

"야! 너, 문 안 열어? 빨리 열어! 야! 야!"

501호 문을 거칠게 때렸다. 늘 그렇듯 녀석은 반응이 없지만.

"진짜야. 장난 아니야. 빨리 열어라!"

콩닥대는 내 심장이 안정을 찾자마자 나는 501호 문짝을 노렸다. 오늘 나를 기만한 대가를 꼭 치르게 하겠다.

"가만 안 둔다. 너 진짜 넌 죽었어."

다시금 피 서린 복수를 다짐해 봤다.

진술서

작성자 : 지순희

    옆집 아이가 우리 집에 계속 찾아왔습니다. 급하게 할 말이 있다며 끈덕지게 나를 졸랐습니다. 하루에 열댓 번은 꼭꼭 벨을 눌렀습니다. 다른 사람들과 다르게 옆집 아이는 끈기가 좋았습니다. 몇 번 문구멍을 통해 훔쳐보긴 했는데, 열어 줄 생각은 아니었습니다.

    그 아이가 새벽에 배달되는 내 우유를 훔쳐 먹었습니다. 그 아이가 내가 주문한 포도즙 택배 박스를 몰래 열었습니다. 그 아이가 우리 집 앞에 노상방뇨를 했습니다. 다른 건 모두 참을 수 있었습니다. 사람들의 원망도 어느 정도 견딜 수 있었습니다. 그렇지만 다 큰 녀석의 오줌을 닦는 건 정말이지 참을 수가 없었습니다. 새벽에 몰래 나가 그 오줌을 닦다가 화가 머리 끝까지 솟았습니다. 그런데 문득, 정말 급한 할 말이 있어서 그런 걸 수도 있겠다는 생각이 들었습니다. 나는 옆집 아이가 조금씩 신경 쓰였습니다. 그래도 끝까지 문은 열어 주지 않을 작정입니다.

관찰 7일째

새벽이 됐다. 내가 이 시간을 얼마나 기다려 왔는지 모른다. 지시봉을 쥔 채 꾸벅꾸벅 조는 경비 아저씨를 외면하고 나는 비장하게 공구를 둘렀다. 밧줄, 노끈, 망치, 못 등이 담긴 사각의 공구함이다. 스파이더맨처럼 납작하게 엎드려 501호 베란다를 향해 슬금슬금 기었다. 도저히 맨정신에는 할 수 없어 아빠가 꿍쳐 놓은 인삼주 한 잔을 벌컥벌컥 마셨다. 얼마 지나지 않자 술기운에 기분이 알딸딸했다. 왠지 모를 용기가 용솟음쳤다. 안 나오면 쳐들어가라. 안 되면 되게 하면 그만이다.

아슬아슬한 창문 너머 보이는 순희는 이불 속에 파묻혀 잠들어 있었다.

"저게 사람을 엿 먹여 놓고 잠이 온다 이거지?"

베란다 문 쪽을 향해 조심스럽게 기었다. 신중에 신중을 기하기 위해 일단 실내부터 살폈다. 거실 한가운데에 침대가 널찍하게 자리 잡고 있었다. 침대 주변엔 드문드문 촛불도 보였다. 베란다 너머에 매달린 난, 창문을 열려고 안간힘 썼다. 한 손에만 의지한 채 문 여는 게 쉽진 않았다. 조심하려 했는데 자꾸만 긴장이 됐다. 행여 순희가 깰까 이리저리 문 여는 힘을 죽였다. 언뜻 내려다본 바닥은 기껏해야 5층 주제에 정신까지 휘청거리게 했다.

끼익!

유리문을 밀자 창문에서 긁히는 요란한 소리가 났다. 잠시 숨을 고르고 정지 버튼을 누른 것처럼 몸을 움직이지 않았다. 안정을 찾고 나서 조심스럽게 문을 열었다. 그제야 소리가 조금 희미해졌다. 그렇게 얼마간 집중에 집중을 더하니 이동할 수 있는 약간의 틈이 생겼다. 이제 된 거다. 절로 웃음이 났다. 베란다를 통해 집 안으로 진입하는 데 성공했다. 반 시간의 기나긴 여정이었다.

조심스럽게 녀석이 자고 있는 방향으로 향했다. 얼굴 근처로 다가가 손을 흔드니 다행히 아무런 반응이 없었다. 자는 모습은 이렇게 희맑은데 공동생활의 법칙은 더럽게 안 듣는 녀석이다. 나는 그런 녀석을 한동안 지켜보다 뒤돌아섰다.

시야에 낡은 달력이 들었다.

20**년 12월 24일

일력은 빨간 엑스자가 그어진 채 남았다. 때는 작년 크리스마스이브. 그때에 정지한 시간보다 아직까지 일력이 존재한다는 게 놀랍기만 했다. 본능적 수사의 움직임은 어느새 휴대폰을 꺼내 '20**년 12월 24일' 그날을 입력하고 있다.

"어이."

그때였다. 누군가 날 부르는 목소리가 들렸다. 엊저녁 들었던 목소리다. 온몸의 근육이 경직돼 뒤도는 것조차 만만치 않았다. 당황하며 천천히 뒤를 돌았다. 순희와 순희의 손에 들린 총기가 보였다. 아직 우리나란 총이 합법화될 수 없는데. 여긴 미국 할렘가가 아닌 엄연한 강북 변두리에 불과한데. 순간 불안이 강습했다. 최대한 의연하게 섰지만 다리가 사시나무 떨듯 떨렸다.

"많이 노, 놀랐지?"

내가 다가가자 녀석이 뒤로 물러섰다.

"그게 아니라, 잠깐 얘기 좀 하자고. 긴급하게 의논할 것도 있고 해서……."

녀석이 총을 들어 나에게 겨눴다. 당황한 나의 땀샘으로 식은땀이 솟구쳤다.

"설마 진짜 총은 아니지?"

녀석이 나를 보며 기분 나쁜 미소를 흘렸다.

"일단 총은 내려놓고 나랑 충분한 대화를 좀 해 보자. 하면서……."

녀석의 놀란 맘은 이해가 됐다. 수면을 방해한 것도 미안한 일이다. 찝찌름한 땀이 코끝을 거쳐 인중 사이로 스몄다. 방아쇠를 주시하며 나는 천천히 녀석의 곁으로 향했다.

"가까이 오지 마."

녀석이 나를 경계하며 주변의 다양한 물건을 집어 던졌다. 베개, 쿠션, 시계, 액자. 다른 건 요리조리 잘 피했는데 컵을 던졌을 땐 깨진 파편이 이마에 튀었다.

"경고했다. 가까이 오지 말라고."

순희는 극도로 긴장해 있었다. 비릿한 핏방울 냄새가 내 코끝을 찔렀다.

"아이구, 피가 나네."

녀석은 피를 보자 더욱더 흥분했다. 나는 내 얼굴의 안위보다 녀석을 먼저 안심시켜야 했다. 최대한 아무렇지 않게 이마에 묻은 피를 닦았다. 이깟 상처는 아무런 문제조차 되지 않으니 제발 침착하게 대화란 걸 해 보자고 나는 녀석을 설득하고 있었다.

"다가오지 말라고 그랬잖아!"

벽 끝에 다다른 순희가 울먹거렸다. 이성을 가지고 상식적으로 대화해 보고 싶었다. 내가 가까이 다가갈수록 녀석의 얼굴은 점점 더 울상이 됐다. 달래려고 한 나의 행동이 어느새 녀석을 자극하고 있다는 사실을 몰랐다. 더 이상 피할 곳이 없어진 순희는 나에게 가스총을 들었다. 그리고 한쪽 눈을 감아 나를 조준하고 방아쇠를 당겼다.

"아악!"

외마디 비명과 함께 나는 두 눈을 잡았다.

62

두어 시간 뒤쯤? 정확히 기억나지 않는다. 괴로웠다. 천국이 있다면 과연 여기일까 싶다. 상당히 불안한 꿈을 꾸고 깨는 것 같다. 온몸이 묵직하게 쑤시고 이마엔 굵직한 반창고가 붙어 있었다. 살았다. 다행히 나는 살았다. 의자에 몸이 묶여 옴짝 달싹할 수 없지만 그래도 지옥은 나를 비껴 나갔다.

"살려 주세요."

몸을 움직이려 이리저리 애썼다. 어찌나 꽁꽁 묶어 놨는지 헐렁한 틈이 없다. 겁에 질린 난 작전상 일 보 후퇴했다.

"미안해. 난 그냥 그렇게 봐서 반가웠는데 너는 막 도망가서, 화가 나서 욱하는 마음에."

바닥에 앉은 순희가 나를 물끄러미 올려다봤다. 감정 없는 시선에 정확히 어떤 기분인지 알 수 없었다. 이리저리 변명을 늘어놨지만 녀석은 여전히 말이 없었다.

"진짜 총이구나."

태어나서 가스총이란 걸 처음 보았다. 그 총을 소유하는 사람이 있는지도, 그 총을 맞는 사람이 내가 될지도 몰랐다. 모든 게 처음이었다. 그런데 묶여서 곰곰이 생각하니 이건 엄연한 범죄가 아니던가. 아니, 확실한 범죄였다. 저게 진짜 겁대가리를 상실한 거다. 호의를 무시해도 이만하면 정도가 지나친 것이다. 내가 한 그간의 노력을 저 녀석이 모를 리 없다. 내가 지금 누구 때문에 이 짓거릴 하고 있는데. 갑자기 화가 나면서

열이 뻗쳤다. 밤톨만 한 게 설쳐도 너무 설친다. 그때부터 나도 흥분 상태, 이판사판, 가스총 앞에서도 겁나지 않았다.

"네가 이렇게 선량한 시민을 감금하고도 무사할 줄 알아?"

"너 때문에 얼마나 많은 사람들이 개고생하고 있는데?"

"네가 최소한의 양심이 있다면 빨리 이 줄 푸는 게 좋을 텐데."

녀석은 도통 말이 없었다. 오직 눈을 부릅떠 째려보기만 할 뿐 조금의 미동조차 보이지 않았다. 녀석이 노려보는 게 나를 향한 의중이라면 나도 이제 더 이상 물러설 수만은 없다. 나는 묶인 몸을 이리저리 흔들며 약간의 웃음을 보탰다. 저게 진짜 예쁘다, 예쁘다 하니까 지가 진짜 예쁜 줄 안다.

"말해. 나 만나고 싶었다며."

한참을 묵묵하던 녀석이 그제야 내게 말을 붙였다. 내 말을 들어 주겠다는 결연한 의지인 것 같은데, 무슨 말을 어떻게 해야 할지 나도 사뭇 긴장됐다. 이유를 드러내면 또다시 도망갈 테고, 어떤 말을 해야 녀석의 마음까지 사로잡을 수 있을지, 어떻게 하면 깜찍하게 노는 녀석의 기분을 나에게 의지하게 만들지.

"너, 나 옆집에 이사 온 거 알지?"

녀석이 고개를 끄덕거렸다.

"우리가 같은 학교, 같은 반이라는 건?"

그건 몰랐던 눈치다. 나는 주머니를 뒤적거렸다. 꽉 조인 노끈 때문에 쉽진 않았다. 몇 번의 시도 끝에 우스꽝스러운 증명사진이 박힌 학생증을 건넸다. 학교에서 만난 적은 없지만 우리는 서로를 익히 잘 알고 있다. 문구멍 사이로도 보고, 신문구멍 사이로도 보고, 몰래 카메라로도 보고, 쓰레기장 앞에서도 봤던 사이다. 녀석이 내 학생증을 받아 들고 또다시 깊은 고민에 잠겼다. 나는 녀석에게 조금의 틈도 허용할 수 없었다.

"뭐? 또 뭐? 신분 확실한데 뭐? 빨리 이 줄 풀어라. 당장."

녀석은 의외로 까칠하지 않았다. 불쌍한 표정과 앓는 소리 한 방에 순희는 순순히 노끈을 풀었다. 집 꼬락서니를 찬찬히 살펴보니 엄마가 다니는 총각보살의 점집과 다를 바 없다. 기가 차 내부 구조를 훑으며 난 녀석의 정신 상태를 의심하고 있었다.

"그러고 보니 새 학기 시작한 이후론 학교에 한 번도 안 나왔지?"

빡세의 도움을 받은 카메라는 역시나 거실 한쪽 구석에 완벽히 장착되어 있었다.

"많은 사람들이 걱정하는 건 알고 있지?"

그중에 나 역시도 포함이라는 걸 녀석에게 거듭 강조했다. 학교라는 단어가 나올 때마다 녀석의 얼굴은 사정없이 일그러졌다. 곰곰이 생각하니 학교라는 두 음절이 썩 유쾌한 편은 아니다.

"아무리 그래도 그렇지. 같은 반 친구가 벨을 누르고 그러는데 문을 열어 주고 그래야지. 있으면서도 없는 척 쌩까고 그러면 못써."

친구라고 해 봤자 같이 수업 한 번 안 받아 본 사이. 빡세의 부탁만 아니었다면 영영 마주칠 인연도 아니다.

"빡세가 시킨 거구나?"

순희는 내가 이러는 이유를 빡세 때문이라고 확신하고 있었다. 그렇다면 이 모든 문제에 대한 해결책은 나오게 될 것이다. 하지만 성급한 권유는 상대의 거부 반응을 만들 뿐.

"그래. 빡세가 걱정이 많긴 하더라. 근데 뭐 딱히 빡세 때문이라기보다는 네가 학교에 안 나온다는 얘기에 나도 좀 걱정이 되고……."

여지를 남기자. 학교에 관해 주기적으로 의논할 수 있는 여지 정도면 충분하다.

"신경 쓸 거 없어. 어차피 자퇴할 거니까."

언제나 변수란 있는 법. 당황하지 말고 침착하게 다시 한 번 기회를 노리자. 목이 바짝바짝 탄다는 이유로 나는 순희에게 물을 청했다. 순희가 마지못해 자리에 섰다.

"주스 있어? 물 말고 꼬불쳐 놓은 주스 같은 것도 괜찮은데."

녀석이 나를 보는 눈길에 약간의 경계가 남아 있다. 순희는 미적거리며 냉장고의 우유를 따랐다.

"앞으론 이런 짓 하지 마."

녀석이 차가운 우유를 내게 건넸다. 하얗게 서리 낀 컵에 금세 물기가 묻었다. 나는 우유 잔을 만지작거렸다. 녀석의 어깨 너머로 부패된 어항이 보였다.

"어? 저건 뭐야? 물고기 아니냐?"

녀석이 별일 아니라는 듯 죽은 물고기를 집어 하수구로 흘렸다. 동시에 내 팔뚝에 오소소 소름이 돋았다. 저런 대담함이 이웃사촌이자 같은 반 친구를 쏜 잔인함으로 표출되는 거겠지. 겁에 질린 난 유당불내증이라는 중병을 앓고 있음에도 불구하고 한번에 우유를 입안에 털어 넣었다.

"학생은 말이지. 학교를 다녀야 해. 학교를. 고등학교 졸업장이라도 있어야 대한민국에서 사람 구실 하고 살지 않겠어? 늘 준비하고 계획적으로다 최소 졸업장만이라도 따겠다는 심정으로."

평소 동의하지 않았던 생각들을 순희 앞에서 꼰대처럼 늘어놓았다.

"상관없어. 그깟 졸업장 없어도."

내 말을 막은 녀석의 표정에는 어떤 단호함 같은 게 보였다. 마땅히 할 말이 떠오르지 않았다. 미련이 없는 학교는 재미가 없을 테니, 나는 무안함에 빈 컵만 만지작거렸다.

"더 이상 할 말 없으면······."

녀석이 벌떡 일어나 현관 입구로 향했다.

아직 못 캐낸 게 많아 아쉽지만, 그래. 오늘은 여기까지. 문 앞으로 친절히 배웅하는 순희를 따라 느리게 걸음을 옮겼다.

"그래. 뭐 학교 공부나 시험 범위 같은 거 모르는 거 있음 나한테 물어보고. 자퇴는 좀 더 신중하게 생각하고. 네가 아직 세상을 몰라서 그러는데 졸업장 이거 진짜 중요하거든."

순희가 더더욱 활짝 문을 열었다. 더는 듣고 싶지 않다는 무언의 시위다. 나는 마지못해 복도를 향했다. 기다렸다는 듯 501호 철문이 닫히고 뒤이어 문 잠그는 소리가 매몰차게 들렸다.

"오케이. 게임 셋!"

기분이 붕붕 날았다. 액정에 비친 순희는 내가 흘려놓은 학생증을 보고 있다. 태어나 오늘만큼 나 자신이 대견스러운 적이 없었다. 어떠한 어려운 상황 속에서도 급우에 대한 열정이 넘친 나 자신을 칭찬하고 싶다. 그러다 생각났다. 나를 마땅히 칭찬해야 할 단 한 사람. 나는 주저 없이 전화기를 잡았다.

"빡쌤? 저예요. 무민이. 당연하죠. 당연히 만났죠. 제가 누굽니까? 한다면 하는 놈 아닙니까? 지금 거의 넘어왔어요. 네 네. 기다려요. 기다려. 내일 보고서 제출은 좀 그렇고 내일모레 정도에 어떻게? 시간 괜찮으신가? 네. 그때 들어갈게요.

네에."

능력이 안 된다고? 내가 이 정도다. 새끼야. 차마 못했던 그 말을 조용히 뱉었다.

관찰 8일째

궁금했다. 순희가 이런 행동을 하는 정확한 이유가 무엇 때문인지. 우수한 성적과 원만한 교우 관계, 학급 임원을 도맡는 성실함에 쌤들에게 신뢰받은 모범적인 학생의 모습까지. 녀석의 평판은 나와는 정반대였다. 사람들 말로는 점차 변한 게 아니라고 했다. 어느 한순간, 갑자기, 하루아침에, 홱 하니 돌변했다고 했다. 빡세도, 순희의 엄마도, 이웃 사람들도 아무도 그날의 진실을 몰랐다. 지금 현재도 순희는 크리스마스이브에 정확히 무슨 일이 벌어진 것인지에 대해 입을 다물고 있다. 집 안에 틀어박혀 이러한 행동을 하는 연유조차 말하지 않는다. 친구가 필요했다. 순희의 절대적인 친구는 이런 이유를 혹 알지 않을는지. 며칠 전, 엘리베이터에서 번호를 훔친 그 아이가 생각났다.

"서연아, 안녕?"

순희의 베스트 프렌드 김서연. 유초중을 같이 다닌 순희의 가장 오랜 친구이자 순희의 집 열쇠를 가지고 있을 정도로 막

역한 사이. 순희의 엄마가 절대적으로 신임하는 녀석. 대한고
등학교 2학년 5반 11번 김서연.

"할 말 없다니까."

근데 저건 한사코 거절이다. 전화도 안 받는다. 문자도 다
씹는다. 무조건 내 연락은 피하고 본다. 다른 반인 탓에 쉬는
시간 외엔 마땅히 만날 방법도 없다.

야자가 끝나는 시간에 맞춰 녀석의 교실 앞에서 잠복근무를
섰다.

"얘기 좀 하자니까."

도망가지 못하게 일단 녀석의 가방을 잡고, 뿌리치는 녀석을
막아서며 궁둥이를 복도 바닥에 붙였다. 오늘은, 기필코, 어떤
일이 있어도, 내 목에 칼이 들어온다 하더라도, 녀석의 얘기를
들어야 했다.

"그러니까 너 같은 일진 날라리가 왜 그렇게 순희한테 관심
을 갖는 거냐고?"

"같은 반 친구니까."

"꿍꿍이는 집어치워."

녀석의 눈이 고양이처럼 매섭게 변했다. 언제 나에 대해 그
렇게 뒷조사를 한 것인지 내 평판과 행실에 대해 속속들이 꿰
고 있었다. 필시 내가 모범적인 학생이 아닌 건 분명한 마이너
스 요소일 터.

"학교에 떠도는 소문은 다 오해야. 나도 이제 개과천선해서 잘 살고 있다고. 그러지 말고 좀 도와주라. 너 걔 베프라며."

"내가 널 왜 도와줘야 하는데? 소각장에서 담배 펴서 퇴학을 앞둔 널 뭣 때문에 도와줘야 하냐고?"

암암리에 학교에서 내 퇴학 얘기가 떠돌고 있다. 내내 기다린 성의가 무색하게 녀석은 나란 존재 자체를 철저히 외면해 버렸다. 지순희 주변 인간들은 어쩜 하나같이 저 모양인 건지. 난 열 번 퇴자 맞은 노총각처럼 줄레줄레 녀석의 뒤를 따랐다. 자존심이 상하고 쪽팔렸지만 지금 이 순간 자존심 따위는 한낱 비루한 감정일 뿐이니까.

"그냥 난……. 순희랑 같은 반 친구기도 하고, 옆집으로 이사를 와서 걱정되는 맘도 있고, 한편으로 가엽기도 하고 그래서 그런 거지. 전혀 다른 뜻은 없다니까."

주절주절 떠드는 나를 외면하고 서연인 친구들과 함께 분식집으로 향했다. 나 역시 허기가 밀려옴을 숨기지 않았지만 녀석은 눈 하나 깜짝하지 않고 떡볶이를 게걸스럽게 먹었다. 난 서연이의 옆에 다정히 앉았다.

"너, 우리가 만만하냐?"

떡볶이의 빨간 국물이 하얀 바닥을 드러낼 때쯤 녀석이 갑작스럽게 공격했다. 느닷없는 서연이의 질문에 마땅히 할 말이 생각나지 않았다. 힘들었던 시기에 이사를 왔고, 퇴학 처분에 학교생활이 위태로웠다. 구원처럼 빡세가 내민 협상을 난 마다할 이유가 없었다.

"만만하다니! 무슨 말을 그렇게 섭섭하게 해? 난 진짜 개를 도와주고 싶어서 그런 거라니까!"

누가 나에게 이유 없는 도움을 준다면 난 언제고 두 팔 벌려 환영할 것이다. 그러나 순희는 그 도움을 줄기차게 거절하고 있다. 과거 나뿐만 아니라 여러 사람이 내밀었을 도움의 손길. 왜 녀석은 그 손을 마주 잡지 않는 것일까? 그리고 이 아이는 뭘 그렇게 묵인하고 있는 것일까?

"박무민."

"어, 서연아."

"난 너 이러는 거 솔직히 못 믿겠어."

"그러지 말고 믿어 봐."

"나라고 그런 노력 안 해 봤겠니?"

"물론……. 해 봤겠지."

"너, 예전의 순희 모르지?"

"기억이 날 듯 말 듯 하긴 한데……."

"그때보단 지금이 나으니까……. 시간 지나면 지금보다 나아지겠지."

서연인 자리에서 일어섰다. 그리고 냉정히 뒤돌아갔다.

"얼마나 더 기다려야 되는데?"

가려는 서연이의 가방을 잡았다. 녀석의 눈이 나와 가방을 번갈아 보았다.

"때론 미치지 않고는 살 수 없는 이유가 있겠지. 그러니까 건들지 마. 네가 진짜 순희를 돕고 싶다면 말이야."

대답을 마친 서연이가 묵묵히 걸었다. 가는 뒷모습을 보니 괜한 오기가 올랐다.

"근데 알면서도 모르는 척 하는 건 방관 아닌가?"

녀석이 가려던 걸음을 멈췄다.

"뭔 놈의 책임감 때문인지 모르겠지만 어쩌면 네가 순희를 잡고 있는 건지도 모르겠다. 그 미치지 않고 살 수 없다는 이유로부터……."

정곡을 찔린 듯 서연인 말이 없었다. 꾹 참고 걸어가는 표정을 볼 순 없었지만 오늘은 나의 승리. 내일을 기약해 보자.

관찰 9일째

우리 헤어져

ㅇㅋ

장난 아니고 레알

ㅇㅋ

너도 좋은 사람 만나

○○

  혜령이와 78일을 만나고 열두 번째 이별했다. 내가 싫은 건 아니고 그냥 날 보면 더 이상 떨리지가 않는다는 식상한 스토리다. 그래서 난 우리가 처음 키스했던 꼬부기네 집에 가서 다시 한 번 왕 게임을 하자고 졸랐다. 그러면 예전 추억이 새록새록 떠오르며 우리의 권태도 극복할 수 있을 것이다. 혜령이가 넌 그래서 안 되는 거라며 매몰차게 전화를 끊었다. 말은 그렇게 해도 며칠 뒤면 또다시 만나자고 조를 것이다. 혜령이는 헤어지잔 말을 밥 먹듯 하는 녀석이니 이번에도 내게 다시 시작하자고 구걸할 거다. 내가 순희에게 신경 쓰느라 자신에게 소홀했던 걸 저런 식으로 표현하다니, 역시나 귀여운 녀석이다.

  - 새벽 2시 35분 -

  순희가 얌전히 자다가 벌떡 일어나 앉았다. 악몽이라도 꾸었는지 온몸은 땀으로 젖었다. 머리카락은 이마에 붙어 축축하고 잠옷은 눅눅하게 피부에 달라붙었다. 냉장고로 달려가 우유를 벌컥벌컥 마셨다. 냉장고 안에서 밝은 불빛이 쏟아져 나왔다. 순희는 그 빛에 의지한 채 또다시 서럽게 울었다. 다른 사람이 이 영상을 봤으면 화들짝 놀랐겠지만 나는 의연하게 대처하고 있었다. 벌써 이런 행동을 한 게 몇 번째인지 나는 그걸 세는 거조차 지겹다.

"저건 매일 짜네."

지루함에 늘어져라 하품이 올랐다. 매번 집 안에만 있는 순희를 관찰하는 게 여간 중노동이 아니다. 잠을 자다 몇 번이고 일어나 울어 대는 게 비단 오늘 일만은 아니었으니까.

휴대폰을 팽개치고 컴퓨터 앞에 앉았다. 마땅히 나의 흥미를 잡아 끌 만한 어떠한 소식도 없었다. 그러던 중 꼬부기가 죽이는 영상이라며 보내 준 동영상 파일이 생각났다. 여간해선 볼 수 없는 레알 아이템, 이름도 찬란한 북한 포르노다. 나는 그것을 재빠르게 클릭했다. 왕성한 나의 남성이 화면을 따라 자연스러운 반응을 보였다. 지켜보던 내 얼굴에도 화색이 번졌다. 순간의 집중력만큼은 어떠한 것도 따라오지 못하고, 난 벌건 표정으로 북한의 예쁜 누나들을 관찰했다. 괜히 모니터 아래로 미안하게 순희의 울먹이는 일상이 보였다. 나는 순희를 애써 외면하며 한쪽 구석에 밀어 넣었다.

– 새벽 3시 35분 –

순희는 아직도 잠들지 못했다. 러닝머신의 레벨을 자그마치 10까지 올렸다. 몸이 지치면 노곤하게 잠들 수 있을 거란 판단에서일까, 다른 때보다 운동은 격렬해 보였다. 컴컴한 방 안,

촛불에 의지한 순희의 거친 숨소리가 어두운 실내를 가득 메운다.

순희가 거울 앞에 섰다. 머리카락이 제법 자라 길게 늘어져 있다. 칼을 집어 거울 속 자신을 노려보더니 날이 선 칼날로 자신의 머리를 끊었다. 모양이고 뭐고 없었다. 대충 잡히는 대로 끊었다. 한 움큼씩 뜯겨나간 머리카락이 바닥 위에 차곡차곡 쌓였다. 그 사이로 바퀴벌레 한 마리가 꼬물꼬물 기었다. 단번에 순희의 얼굴에 미소가 번졌다. 벌레가 갈 만한 통로를 족족 막더니 벗이라도 생긴 듯 한참을 지켜봤다. 녀석의 손안에 갇힌 바퀴벌레가 길을 찾지 못하고 버둥거렸다. 그 모습을 지켜보는 순희의 표정이 더없이 밝았다. 그 틈을 타 순희의 새끼손가락 사이로 벌레가 빠르게 빠져나갔다. 그보다 더 빠르게 순희의 손이 그것을 막았다. 다시 갇힌 바퀴벌레는 저항을 멈추고 항복했다. 순희는 조심스럽게 바퀴벌레를 들어 빈 우유갑 속에 넣었다. 그러더니 한참을 낄낄거렸다. 벌레는 죽은 듯 움직이지 않았다. 순희는 벌레를 톡톡 건드려 보았다. 그제야 벌레가 조금씩 꿈틀거렸다. 녀석이 또다시 웃었다. 그러고는 생각난 듯 머리카락을 끊었다.

우리 옆집엔 단발머리가 제법 잘 어울리는 변태 녀석이 살고 있다.

순희가 창문을 열었다. 푸른 달빛이 순희와 순희의 우유갑
위로 환하게 쏟아져 내렸다. 시큰거리는 눈물을 감추며 순희
는 우유갑을 열었다. 가둬 둔 바퀴벌레가 기어 나와 창문을 타
고 넘었다. 그 모습이 부러운지 순희는 한참 동안 그것을 지켜
보았다.

그나저나 젠장 맞을 둥근 해가 벌써 떠올랐다.

관찰 10일째

수면 부족!

잠이 부족하다. 턱 끝까지 내려오는 다크서클과 함께한 지
어언 10일째. 요즘 계속 학생으로서의 본분을 망각하고 교실
에서 잠만 처자고 있다. 점심때 꼬부기가 깨우면 그제야 밥을
먹고 또다시 미친 듯 잠에 빠져든다. 혜령인 그런 나를 보고도
소 닭 보듯 지나치지만 꼬부기 그 자식은 이렇게 살지 말라며
나를 흔든다. 다시 한 번 잠잘 때 사자의 코털을 건들면 가만
있지 않겠다고 으름장을 놓았더니 종례가 끝나고도 깨우지 않고
자기 혼자 집에 가 버리는 사태까지 발생했다. 한참을 잘 잤다

77

생각하고 일어났는데 어느새 해는 지고 밖은 어둑어둑하고 교실엔 먹다 남은 빵 조각 하나 보이지 않았다.

"의리 없는 놈. 그렇다고 먼저 가냐?"

늘어지게 기지개를 켜고 보니 어느새 밤 아홉 시가 지나고 있었다. 엄마에게 문자 세 통이 와 있고, 꼬부기에게 욕이 잔뜩 섞인 장문의 메시지, 서연이에게 부재중 전화 한 통이 걸려 왔다. 오늘도 혜령이는 나를 붙잡지 않았다. 다른 건 모두 패스하고 제일 먼저 서연이에게 전화를 걸었다.

"놀이터 앞에서 기다릴게."

서연이의 말에 나는 실내화를 벗어 두고 부랴부랴 달렸다.

모래알이 가라앉은 놀이터는 무겁게 빛나고 있었다. 자전거를 탄 꼬마 하나가 우리 사이를 날렵하게 비껴갔다. 나는 부리나케 서연이의 옆에 앉았다. 평소 교칙에 어긋나는 건 절대 안 할 것 같던 녀석이 홀로 앉아 맥주를 마시고 있었다. 행여 불량학생처럼 비쳐질까 나는 주변을 휘둘러 보았다.

"많이 기다렸지? 연락을 좀 늦게 봐서 말이야."

서연이의 얼굴이 울적해 보였다. 녀석은 나에게 맥주를 건넸다. 이미 주변에는 여러 개의 빈 캔이 흩어져 있었다.

"네 여친이 장혜령이라며?"

굳이 이 시기에 이별을 논하는 건 적절치 않았다. 잠시 권태

기에 접어든 우리의 관계를 일일이 녀석에게 설명할 필요도
없다. 나는 대답 대신 머리를 긁적거렸다.

"걔가 예전에 나 무지하게 괴롭혔는데……."

머리를 긁적이던 손이 난감함에 멈췄다. 혜령이 고 앙칼진
것이 여자애들을 있는 대로 들쑤시고 다녔나 보다. 내 머릿속
의 혜령이는 첫사랑의 풋풋함을 간직한 소녀였는데 기분이 가
히 좋진 않았다. 문득 혜령이가 순희도 괴롭혔을지 모른다는
불길한 생각마저 스쳤다. 왕따를 주동한 선봉자가 내 여친이
라면, 만약 내 여친이 순희를 괴롭힌 게 사실이라면, 나는 내
일 혜령이의 머리채라도 잡고 와 사과를 시키겠다고 말했다.

"괜찮아. 어차피 다 지난 일인걸."

서연인 어른스럽게 그것은 이미 지난 과거라고 칭했다. 역시
이래서 사람은 배워야 하는 건가 보다. 석차가 인성을 평가할
순 없지만 전교 1등 서연이의 행동을 보면 지배적인 역할을 하
는 건 사실이니까.

"시간이 지나면 모든 건 지워지잖아."

녀석의 깊은 한숨 소리가, 울 엄마가 카드 값 고지서를 확인
하는 순간보다 엄하게 내려앉았다. 나는 할 말을 찾지 못하고
두 눈을 끔벅거렸다.

"난 다 잊었는데……."

서연이는 자꾸만 알 수 없는 얘기를 늘어놓았다. 그다지 아

이큐가 높지 않은 난 여자들의 언어를 이해하기에는 많은 어려움이 따른다. 그래서 혜령이의 마음도 서연이의 마음도 이해 못하는 건지 모른다. 직접적으로 말해도 알아차릴까 말까인데 여자들은 굳이 에둘러 말하는 경향이 있다. 엄마 왈, 이럴 때일수록 상대가 나에게 마음을 열고 털어놓을 때까지 하염없이 기다리는 수밖에 없다고 했다. 서연인 그 뒤로도 한숨을 몇 번이나 더 쉬었다.

"그런데 순희는 잊기가 힘든가 봐."

행여 검색창에 내가 원하는 대답이 있을 수도 있었다. '여자들의 언어 번역기'란 어플이 새로 출시됐다. 바로 이거다. 급하게 다운을 받으려는데 휴대폰이 요란한 진동을 울렸다. 나의 엔젤 혜령이었다. 호랑이도 제 말하면 온다더니 역시나 다시 시작하자는 구구절절한 문자일 것이다. 나는 거드럭거리며 창을 열었다.

애들한테 내가 다시 매달릴 거라고 했다며?
착각하지 말라고 우린 완전히 끝났으니까
나 다른 사람 생겼어 장난 아니고 레알

연달아 문자가 세 개나 쏟아졌다. 이번에는 뭔가 분위기가 심상치 않았다.

뭔 소리야? 전화 좀 받아 봐

상황을 파악하기 위해 일단 급하게 문자를 보냈다. 전화를 걸어 봤지만 역시나 받지 않았다. 그때부터 순희고 뭐고 나도 내 정신이 아닌 상태가 되었다. 이번 이별은 왠지 과거와는 다른 느낌이 들었다. 혜령이의 마음이 완벽히 돌아선 것 같았다. 나의 사랑은 아직도 이렇게 활활 타오르는데 어떻게 소녀의 사랑은 그렇게 단박에 식을 수가 있는지. 나는 체면 불구하고 서연이의 맥주를 빼앗아 벌컥벌컥 마셨다.

"순희가 저렇게 된 게 나 때문인 것 같아. 내가 침묵하지만 않았어도……."

서연이가 주절대는 소리가 들리지 않았다. 나는 계속 혜령이에게 전화를 걸고 문자를 보냈다. 네가 어떻게 나한테 이럴 수 있냐고. 내가 지금까지 너의 수발든 걸 생각해 봤냐고, 지금까지 나 가지고 논 거냐고, 원망과 자책과 후회와 고뇌가 가득 찬 문자를 나는 혜령이에게 끊임없이 보냈다.

미안해 이제야 진짜 사랑을 찾은 거 같아

억울했다. 사귀자고 눈웃음치며 꼬리 칠 땐 언제고.

"나는 순희가 남들하고 똑같이 살았으면 좋겠어. 그냥 다른 애들처럼 평범하게…….”

뻔한 말만 늘어놓는 서연이의 말이 내 귀에 하나도 들어오지 않았다. 시간을 되돌릴 수만 있다면 서연인 예전으로 돌아가고 싶다고 하는데, 나는 서연이의 말을 심각하게 듣는 척 고개를 끄덕이면서도 뒤로는 계속 혜령이에게 전화를 걸었다. 혜령이는 끝까지 전화를 받지 않았다. 너무나 일방적인 통보다 싶어 떳떳하게 만나서 이별을 말하라고도 했다.

지금 당장 너희 집 앞으로 갈게 일단 만나서 얘기하자

어이없게 집 앞으로 간다니까 그제야 답장이 왔다.

아, 진짜 짱나게 왜 그러냐고!

도대체 왜! 갑자기 왜!

벌겋게 달은 얼굴로 맥주를 마셨다. 도저히 맨정신엔 버틸 수 없었다. 눈물이 나올 거 같아 고개를 숙였다.

“어떻게 하면 순희가 잘 살 수 있을까?”

서연이는 내 맘도 모르고 줄기차게 순희를 걱정하는 말만 늘어놓았다.

“보란 듯 잊어야지.”

목젖의 넘실거리는 슬픔을 누르고 나는 겨우 말을 짜냈다. 울지 않으려고 했는데 자꾸만 눈물이 날 것 같았다. 사실, 혜령이가 변한 걸 느끼지 못한 건 아니다. 나랑 얘기를 해도 딴 생각을 하고 나를 봐도 예전처럼 웃지 않았다. 놀아도 나 혼자 노는 것 같고 전화 통화는 그냥 의무적이었다. 이별을 예감하지 않았다면 거짓말이지만 그래도 일방적인 문자 통보는 너무 하지 않나.

난 혜령이 땜에 쓰린 속을 술로 달래고, 서연인 순희 땜에 아픈 맘을 술로 달랬다. 그리고 무너지듯 잠이 들었다.

"자?"

참지 못한 서연이가 나를 툭툭 건드렸다.

"자냐고?"

그제야 정신이 번쩍 들었다. 얼른 고개를 들고 안 잔 척 녀석을 바라봤다.

"아니, 생각할 게 좀 있어서……."

자연스럽게 입가에 묻은 침을 닦았다.

"이제 얼마 안 남았어. 학교라도 다니게 해야지. 언제까지 사회적으로 저렇게 도태되어 지낼 순 없잖아. 처음엔 물론 적응이 필요하겠지. 내가 도와줄게. 같은 반 친구로서, 이웃사촌으로서. 순희에 관한 일에 대해선 나 좀 믿어 주면 안 되겠냐?"

나는 단번에 맥주를 입안에 털었다. 맥주가 달기도 쓰기도 했다.

"네 말 믿어도 돼?"

서연이의 마음이 나에게 서서히 열리고 있었다.

"나, 그렇게 입발림 소리 하는 놈 못 되거든."

나는 좋으면 좋고 싫으면 무조건 싫은 놈이니까.

"순희, 예전으로 돌아가게 해 줄 거야?"

아직도 뜨뜻미지근한 서연이를 위해 나는 뭔가 확실한 각오를 보여야 했다.

"당연하지!"

"상처 줄 거면 아예 시작도 마."

나는 진지하게 고개를 끄덕거렸다.

"그렇다면 더 이상 순희가 상처받지 않게, 무민아. 네가 도와줘."

호소하는 서연이의 목소리가 술잔 너머 일렁거렸다.

관찰 11일째

불현듯 의문이 들었다. 대한고등학교의 평범한 여학생이었던 순희가 학교 중심 생활에서 집 중심 생활로 삶의 형태가 바뀐 연유에 대해. 혹자는 극심한 학교 폭력 때문일 거라고 말했다. 혜령이의 주도하에 시시때때로 벌어진 모욕적인 언행을 버티며 때마다 상납금을 바쳤을 수도 있다. 혹자는 집단 따돌림에 의한 결과가 아니겠냐고 추측했다. 그렇다고 무조건 왕따의 입장을 옹호하는 건 아니다. 순희 자신만 모르는 크나큰 성격의 결함이 있을 수도 있고, 일전에 혜령이가 말했던 '완전 재수 없는 아이'란 표현도 심상치 않다. 아닌 게 아니라 저번에 가스총 사건만 보더라도 녀석의 행동은 일반 사람들의 상식을 가볍게 뛰어넘는다. 혹자는 그냥 멋있어 보이기 위해 그런 것 아니겠냐고 반문했다. 그것은 약도 없다는 치명적인 중2병의 시작. 남들 다 하는 것은 절대 안 한다는 식의 사고방식은 나는 너희들과 다르다며 고등 교육을 거부하는 데서 시작되었을 거다. 틀에 박힌 정규 교육은 기계적 인간을 만들 뿐이라고 코웃음 치며 모든 학교에 관한 규칙을 거부하는 행태다. 하지만 이런저런 이유들 역시 잔추측에 불과한 것들뿐, 두 눈이 번쩍 뜨일 만한 명확한 증거는 없다. 행여 말 못할 사연이 있을지도 모르니 그것은 일단 기타에 넣어 두기로 했다.

체육 시간이다. 아이들은 신이 나 운동장을 폴짝폴짝 뛰지만 이별의 아픔에 허덕이는 난 뜀박질 따위를 할 상태가 전혀 아니다. 있지도 않은 열을 핑계 삼아 보건실 매트에 몸을 누였다. 걱정이 됐는지 의심이 됐는지 빡세가 빈손으로 굳이 병문안 왔다.

"꾀병이야?"

막 잠에 들려는 찰나였다. 빡세의 유쾌하지 않은 방문에 억지로 몸을 일으켰다.

"마음이 많이 아픕니다. 쌤."

"헛소리 말고. 관찰 보고서는 잘돼 가지?"

"그저 그래요."

그리고 찾아온 어색한 침묵을 떨치려 나는 억지로 말을 쥐어짜 냈다.

"쌤, 제가 진짜 많이 아프다고요."

"그래서?"

"여전히 여기서 버티시겠다는 겁니까? 그렇다면 한 가지만 단도직입적으로 물어보죠."

"뭔데?"

"대체 순희는 왜 그러는 겁니까?"

꼬부기와 머리를 맞대고 고민해 봤지만 아무리 생각해도 그 이유를 찾을 수 없었다. 빡세는 고개를 저었다.

"교사 생활 20년이 돼도 너희들 속은 알 수가 없으니까. 단순한 거 같기도 하고 복잡한 거 같기도 하고. 순희 같은 경우만 봐도 특별히 모난 곳 없는 평범한 아이였는데……."

"그래도 특별히 관심을 갖는 거라든지 그런 거 있잖아요. 남자 친구라든지, 아이돌이라든지, 요새 애들 좋아하는 그런 것들요."

"사실……."

빡세는 응가 볼 자리를 찾는 강아지처럼 뜸을 들였다.

"좋아하던 아이가 있었던 것 같기는 해."

관찰 12일째

결국은 한낱 사랑 때문이란 말인가. 이 비루한 감정의 노동들이 하찮은 사랑의 결말 때문이란 말인가. 빡세의 얘길 듣고 기운이 빠졌음을 부정하진 않겠다. 신은 어찌 이렇게 인간을 미약하게 만들어 이 세상에 존재하게 하신 건지. 여자란 동물은 어찌도 이리 복잡하게 만드신 건지. 순희를 향한 미스터리는 파도 파도 끝이 없었다. 아직 이별의 아픔을 삭이기도 전인 나에게 과거 순희 남친의 행적을 쫓는 일은 결코 유쾌하지 않은 일임이 분명할 터. 의심할 만한 몇몇 녀석을 훑어봤지만 그들은 모두 고개를 저을 뿐 명확한 답변조차 들려주지 않았다.

그런 내 맘도 모르고 전 여친 혜령이는 나와 헤어졌단 사실을 무용담처럼 늘어놓았다. 본의 아니게 그걸 듣게 된 괴로움에 나의 슬픔은 또다시 사무쳤다. 아이들은 내게 위로의 말을 아끼지 않았다. 차는 것과 차이는 것의 경계가 뭐 그리 중요하냐고 항변해 봤지만, 결국 더 깊이 사랑한 사람이 약자가 아니었던가. 그렇다. 나는 결국 약자였던 것이다. 그러지 말아야지 하면서도 나는 소녀에게 구차하게 매달리는 결과를 보였던 것이다.

"내가 잘할게. 우리 다시 시작하자."

나의 자존심이 아직 혜령이에게 차인 것을 허락하지 않았다. 만약 우리가 다시 합하여 과거처럼 행복의 절정을 함께 맛볼 수 있다면, 나는 소녀에게 끝내 말할 거였다. 우리 이제 그만 만나는 게 어떻겠냐고. 그때는 기필코 내가 소녀를 차 버릴 생각이었다. 그러나 여자의 마음은 갈대와 같았던가, 제일 잡기 힘든 건 돌아서 버린 사람의 마음이던가, 매몰찬 고 계집은 과연 우리가 몇 주 전까지 뽀뽀를 허한 사이인가마저 의심케 했다. 더럽고 치사한 소녀의 냉정함은 과연 내 의식을 현실로 돌아오게 하였던 것이다.

나도 더 이상은 구차하게 굴지 않겠다. 매달리는 짓 따위는 더 이상 없을 것이다. 이제부턴 나도 소녀를 잊을 참. 비록 상처가 아무는 데 시간이 필요하겠지만 나는 과거 모든 실수를 잊고 완벽히 내 옆집 소녀에게만 몰두하기로 했다. 만에 하나 천지가 개벽하여 하늘이 열리고 땅이 무너져 혜령이가 다시 내게 돌아온다 하더라도, 나는 모른 척 소녀를 품고 조금 가지고 논 다음에 뻥 하니 차 버릴 계획마저 숨기고 있다. 이보다 유쾌한 결말은 더 이상 없을 터. 한숨을 숨기고 눈물을 삼키고 나는 쓸쓸히 급식실의 반대 방향으로 걸었다.

"혜령이다!"

위로의 아이스크림을 쏘겠다던 꼬부기 덕에 나는 급식실에 이어 매점에서 또다시 소녀와 마주쳐 버렸다. 이건 필시 우리가 운명이란 것 외에 무슨 말이 필요하던가. 그간 입맛이 없어 밥도 못 먹고 다닌 나의 슬픔과는 무관하게 소녀는 매점에서 빵에다 밥까지 또 먹는 중. 무릇 계집이란 자기 관리가 가장 중요하거늘, 자기 관리가 확실하지 않은 소녈 보니 조금은 있던 정도 떨어진 것을 다행이라 여겨야 하는 것일까. 소녀와 눈이 마주친 순간 우리에게는 서글픈 정적이 흘렀고 낯선 기운이 감돌았지만 나는 내 입꼬리를 귓불까지 당겨 억지로 미소란 걸 지어 보였다. 잘했다 잘했다, 박무민. 그것은 가히 사내다웠던 것이다. 소녀는 은근 놀라 어색하게 손을 흔들었지만 나는 그 길로 화장실로 뛰어가 눈물 대신 오줌을 쏟아내지 않았던가. 사랑이여, 사랑이여. 아직은 떠나보내지 못한 내 사랑이여.

대박 사건!

아이들의 제보에 의하면 혜령이가 낯선 자식의 바이크에 올랐다는 소식이 들렸다. 낮잠을 자다 말고 운동장 밖으로 달려 나갔다. 북적대는 아이들은 혜령이와 날씬한 바이크를 구경하

고 있었다. 혜령이는 그 앞에서 으스댔고 아이들은 가여운 시
선으로 나를 보았다. 그들의 시선을 외면하려 애썼지만 사실
나도 내가 불쌍해 죽을 지경이었다. 애써 모른 척 교문까지 가
기는 했는데 희뿌연 먼지를 일으키며 혜령이는 바이크와 함께
떠나고 말았다. 그 뒤를 폼 나게 추적하고 싶었지만 나는 바이
크는커녕 자전거조차 없는 신세가 아니었던가.

　겉으론 아닌 척 했지만 멋진 바이크라 기가 죽은 것도 사실
이었다. 혜령이는 김중배가 좋은 건인지, 김중배의 다이아몬
드가 좋은 것인지. 뭐라도 상관없다. 감히 나의 여친을 허락도
없이 뺏어간 저 바이크 자식에게 화가 날 뿐. 이번 참에 아빠
에게 멋진 바이크 하나 사 달라고 졸라야겠다. 그러면 아빠는
정신 차리라고 내 머리카락을 잡고 마구 흔들어 대겠지. 생각
만 해도 현실은 암울하다. 어차피 순희도 혜령이와 마찬가지
로 그렇고 그런 여자애에 불과할 텐데 내 이런 노력 따위가 무
슨 필요가 있을는지.

　순희의 하루.
　오후 12시에 일어나서 청소하고 밥 먹고 러닝머신 뛰고 다시
밥 먹고 텔레비전 보더니 또 저러고 잔다. 쯧쯧, 여자들이란.

관찰 13일째

모든 인연은 짜인 운명처럼 시작된다. 사소한 것 하나 때문에.

순희가 오늘의 첫 끼를 먹었다. 나도 잽싸게 냄비의 물을 가스레인지에 올렸다. 싱크대 주위를 하염없이 맴도는 파리가 여간 성가신 게 아니다. 한 손으론 파리를 휘이휘이 쫓으며 다른 한 손으론 휴대폰을 보고 있었다. 돌이켜보니 초봄에 파리가 있다는 게 수상쩍지 않은가? 하필 그 타이밍에 내가 휴대폰을 보고 있었다는 게 더 수상쩍지 않은가? 파리는 어쩌면 처음부터 계획했을지 모른다. 내가 하려던 이 모든 것을 말이다.

무의식중에 휴대폰의 버튼이 눌렸다. 실수로 혜령이에게 전화가 걸렸다. 놀라 끊으려는데 혜령이가 그보다 먼저 전화를 받았다. 목소리는 여전히 냉랭했다. 난 전화가 잘못 걸린 거라고 변명했지만 혜령이는 내 말을 믿지 않는 눈치다. 마음이 짓이긴 듯 쓰라려 왔다. 우리는 수화기를 붙잡고 아무런 말도 하지 않았다. 몇 초간의 침묵이 흘렀고 혜령인 불편한 듯 전화를 끊으려 했다. 정말 혜령이는 나와의 헤어짐이 아무렇지도 않은 것일까. 난 이렇게 심장이 쪼개진 듯 아픈데.

"나 진짜 그 애가 좋아."

혜령이의 말투가 떨렸다. 저번에 봤던 그 바이크 자식이 분명하다. 혜령이는 예전부터 좋아했던 아이라고 했다. 우연히 보게 됐고 운명처럼 만나게 됐다는 식상한 스토리에 나는 질투가 치밀었다. 혜령이 스스로도 안 된다고 다짐했는데 사람의 마음은 뜻대로 할 수가 없는 것이란다. 내가 아는 사랑이란 건 의리고 신의고 믿음인데 혜령이가 아는 사랑은 다른 것인가 보다. 역시 아빠 말대로 여잔 믿을 게 못 되는 족속이다. 혜령이가 아무리 날고 기어도 남자는 다 거기서 거기란 사실.

"돌아올 때까지 기다릴게."

생각과는 다른 말이 튀어나왔다. 수화기 너머 혜령이의 한숨이 들렸다.

"무민아. 나 걔를 좋아한다고……."

"나랑 헤어진 지 얼마나 됐다고!"

화를 내려다 급하게 말을 멈췄다. 흘낏 본 휴대폰 영상에 어이없는 실루엣이 비치고 있다. 나도 모르게 전화기를 던지고 내 발은 현관을 향해 달렸다. 화면 안의 순희가 칼에 손목을 가져다 대고 있었다.

안 된다. 아직은 살아야 한다. 개봉조차 못한 프로젝트를 이대로 망칠 순 없다. 내 퇴학 철회의 꿈은 과연 이대로 날아가는 것인가. 나는 순희네 집 대문을 부서져라 두드렸다.

"저기! 야! 할 말 있는데 문 좀 열어 봐! 야! 내 말 듣고 있어? 야! 야!"

인기척은 늘 없지만 오늘은 달랐다. 나는 집 안으로 다시 들어가 베란다를 향해 황급히 달렸다. 초스피드로 우리 집 베란다를 넘어 반대쪽 순희 집 베란다로 향했다.

"멈춰!"

베란다 난간을 붙잡고 버럭 소리를 지르자 순희가 나를 향해 천천히 돌았다. 나는 녀석이 쥐고 있던 은빛 칼날을 보았다. 다행히 순희는 자신의 손목에서 칼날을 뗐다. 핏물이 손끝을 타고 뚝뚝 흐르고 순희의 눈에선 닭똥 같은 눈물이 흘렀다.

"미쳤어?"

나는 순희네 집 안으로 들어섰다. 등줄기로 서늘한 땀이 흐르고 맥박은 제멋대로 뛰었다. 무슨 말을 어떻게 꺼내야 할지 느낌조차 오지 않았다. 마주 오는 순희의 시선을 볼 수가 없어 이러지도 저러지도 못하고 방황하는데, 무언가 툭하니 떨어지는 소리가 들렸다. 순희가 바닥을 향해 칼을 떨어뜨렸다. 그제야 정신이 번쩍 들었다.

"그 아무래도……. 난 그러니까……."

민망함에 주머니를 뒤적거렸다. 작은 누룽지 사탕 말고는 어떠한 것도 잡히지 않았다.

"혹시 누룽지 사탕 좋아해?"

순희의 팔목에 붕대를 돌돌 말았다. 팔목은 여러 형태의 상처로 조각조각 찢겨 있다. 덤덤한 순희보다 내가 더 아픈 사람 같았다. 호호 불며 꼼꼼하게 녀석의 손목을 치료하는데 속으론 심장이 쿵쾅쿵쾅 뛰었다. 녀석이 나를 물끄러미 내려다봤다.

"어떻게 알았어?"

다행히 카메라 설치는 들키지 않았다. 그것이 걸리면 우리의 모든 계획도 끝장날 것이다.

"감시하는 거야?"

깡마른 녀석의 눈빛이 매섭게 변했다. 시린 바람의 겨울 파도처럼 녀석의 말은 송곳같이 내 의식을 찔렀다.

"감이야, 감. 내가 얘기 안 했나? 집안 대대로 신기가 조금 있어. 내림받을까 생각 중인데."

못 믿는 눈치기에 확실한 믿음을 보여 줘야만 했다. 눈을 감고 순희의 맥을 짚었다. 순희의 손가락 끝을 구부렸다 펼쳤다. 엄마가 자주 다니는 총각보살의 요상한 주문이 드디어 빛을 발하게 될 때다. 나는 내가 알지 못하는 단어들을 뱉었다. 기괴한 주문을 외우고 전신을 바르르 떨었다. 내 진지한 모습에 순희가 웃음을 터뜨렸다. 한참을 웃더니 "나 안 무서워?"라고 물었다. 지금 그걸 질문이라고 하는 것일까.

"무서워."

"근데 왜 그래?"

"궁금해서."

"뭐가?"

"그냥 다, 그냥 다 궁금하네. 다."

나는 정말이지 순희가 궁금했다.

관찰 14일째

강북 최고의 사립고라는 대한고등학교에 처음 들어간 날, 운동장에 모이라는 교장 쌤의 말에 꼬부기와 난 반대편 옥상으로 올라갔다. 그곳에서 내려다보는 운동장 풍경은 가히 평화로웠다. 옥상 끝에 걸터앉아 꼬부기와 담배를 태우는데 학생들이 교단 앞으로 구더기처럼 몰렸다. 교장 쌤이 외치는 "사랑하는 대한고등학교 학생 여러분." 마이크의 울림이 우리에게 메아리쳐 돌아왔다.

"여기서 떨어지면 열라 멋있을 거 같지 않냐?"

옥상에서 바닥을 멀거니 내려다봤다. 뭔가 대한고등학교 역사에 길이 남을 만한 멋진 일을 하고 싶었다. 그렇게 엄마가 좋아하던 학교에 배정을 받았으니 나도 그만한 보답을 해야 한다고 생각했다. 엄만 이 학교가 강북에서 그나마 명문이라고 했다. 난 딱히 모범생도 아니었는데 엄만 이 학교에 들어오면 모두가 모범생이 된다는 착각을 했다.

얼마 지나지 않아 대한고등학교의 황태자 양껌이란 녀석이 옥상에 들이닥쳤다. 생긴 게 딱 양아치 껌팔이라 붙은 별명이었는데 대부분의 남자애들은 녀석을 양껌이라 불렀고, 여자애들은 김황태란 이름을 따서 황태자라 불렀다. 곱상한 외모에 공부도 제법 해 학교 내 팬클럽까지 보유한, 남자와 여자 사이의 평가가 극명하게 갈리는 녀석이었다.

"담배 있냐?"

그 녀석이 내게 다가와 물었다.

"사다 펴. 새끼야."

딱 고만한 사이였다. 오다가다 몇 마디 나눠 본 적은 있지만 친하다고 생각될 정도는 아닌 그런 관계. 녀석은 1학년 겨울 방학 즈음 유학을 갔다. 그때 역시도 별 생각은 없었다. 몇몇 여자애들은 울먹거렸지만 남자애들은 양껌이 사라졌단 사실에 의외로 좋아했으니까. 그 녀석이 바로 순희의 전 남친이다.

녀석을 기다리며 패티가 두 개나 들어간 햄버거를 우적우적 씹었다. 아무리 생각해도 요즘 애들은 약속에 대한 개념 자체가 없는 거 같다. 약속 시간을 자그마치 10분이나 넘겼다. 예전 같으면 이 정도의 기다림은 어림도 없는 일이었을 텐데. 부쩍 쇠약해진 나를 자책하며 일어섰다. 그때 입구의 벨이 달랑거렸다. 허벅지부터 종아리까지 라인이 쫙 드러나는 바지를 입은 양껌이 들어서고 있었다.

"쟤가?"

몇 달 만에 본 녀석의 얼굴이 가물가물했다. 탈색한 긴 머리에 녀석은 한층 더 기름져 있었다.

"김황태?"

조심스럽게 이름을 부르자 녀석이 근엄하게 고개를 끄덕거렸다.

"오랜만이다. 잘 지냈냐?"

녀석은 내 앞에 건방지게 앉았다. 보란 듯 BMW 로고가 박힌 바이크 열쇠와 구찌 담배 케이스를 테이블에 던졌다.

"이런 데서 날 왜 보자고 한 거야?"

'이런 데'란 어감이 거슬리긴 했지만 일단 햄버거부터 바쳤다. 녀석에게 원하는 걸 얻으려면 친밀히 굴어야 했다. 녀석은 한국에 들어온 지 이제 막 2주가 지났다고 했다. 그곳 학교에서 잘렸고, 잘린 걸 무슨 대단한 훈장처럼 여기며 희희낙락거렸다. 한국에서 다시 다닐 학교는 현재 꼰대가 알아보는 중이라고 했다.

"그렇구나. 우리 학교로 다시 오면 좋을 텐데."

나는 고뇌에 휩싸인 척 얼굴을 구겼다. 그러면서 녀석에게 수줍게 고백했다. 사실 골치 아픈 일이 하나 있다고. 그래서 너에게 자문을 좀 구하려고 한다고. 혹시 지순희라는 학생을 아느냐고. 우리 학교 같은 반 아이인데 보통내기가 아닌 녀석이라고. 내가 걔 때문에 학교 다니기가 너무나 힘이 든다고. 너랑 연관이 있다는 얘기를 언뜻 들은 거 같아 도움을 청하려 한다고. 쉴 새 없이 말을 지껄이고는 녀석의 얼굴을 지그시 바라보았다. 녀석이 순희를 기억하려는 듯 눈알을 굴렸다.

"그래. 워낙 평범한 애라 기억은 잘 안 날 거야."

"아니야, 기억나."

다행이었다. 양껌은 순희를 기억하고 있었다. 친한 사이는 아니었지만 1학년 때 같은 반 아이라고 했다. 자신의 팬클럽 멤버 중 한 명이었고 같은 반이라서 약간의 호의를 보인 정도 였다고. 그러면서 양껌은 과거 자신의 팬클럽 얘기 속으로 빠져들었다.

"원래 사람은 끼리끼리 만나야 되는 건데 말이야."

양껌은 내가 기억하지 못하는 순희와의 추억을 곱씹고 있었 다. 예전 순희는 어떤 모습이었을까? 지금처럼 깡마르고, 시 니컬하고, 손목에 선을 사정없이 그리는 그런 녀석은 아니었 을 텐데.

"앞에선 순진한 척 하면서 뒤로는 엄청 나한테 들이댔지. 그 런 애들이 뒤로 딱 호박씨 까는 스타일이잖아. 안 그래?"

빡세에게 들은 바로는 과거 순희는 잘 웃고, 명랑하고, 떡볶 이에 무지 열광하는 그런 아이라고 했다. 그런 녀석이 이 녀석 을 만나 이렇게 변한 건가 생각하니 안타까운 마음이 들었다. 양껌에게 순희는 자신을 따라다니던 그저 그런 여자애 중 한 명. 그중에 좀 극성스러운 아이였다.

나는 녀석의 정수리부터 신발 앞코까지 모른 척 훔쳐봤다. 약간의 거만함을 빼고는 또래의 아이들과 비슷하였다. 이 녀

석과 연관 있을 거란 예상도 보기 좋게 빗나가고 만 건가? 괴
로움에 남은 콜라를 쪽쪽 빠는데 순희와의 회상에서 빠져나온
녀석이 나에게 물었다.

"왜? 걔가 이번엔 너한테 꼬리 치디?"

진술서

작성자 : 지순희

　내게도 남들과 마찬가지로 평범했던 학창 시절이 있었습니다. 나는 특별히 잘나지도 모나지도 않은 그저 그런 학생이었습니다.

　맑은 가을의 운동회 날이었습니다. 오륜기가 운동장 위로 길게 뻗었습니다. 출발을 알리는 총성 소리가 들렸고 아이들은 모두 건강했습니다. 각 반마다 자신의 반을 응원하는 열기로 가득했습니다. 릴레이 경주가 시작되었고 선두로 질주하는 황태자의 모습이 보였습니다. 여자애들은 자신의 반을 응원하는 것도 잊은 채, 일렬로 늘어서 황태의 이름을 불렀습니다. 황태는 정말이지 근사했습니다. 쭉 뻗은 긴 다리로 성큼성큼 운동장을 질주했습니다. 제일 먼저 중간 지점에 도착한 황태가 풍선 위에 풀썩 주저앉았습니다. 풍선 안에는 작은 쪽지가 들어 있었습니다. 쪽지를 읽은 황태가 난감한 듯 주변을 살폈습니다. 몇몇 학생들이 쌤이나 할머니, 할아버지 혹은 부모님의 손을 잡고 뛰기 시작했습니다. 나 역시 무리에 섞여 황태의 1등을 진심으로 기원했습니다. 갑자기 황태가 내게로 달려왔습니다. 내 손목을 잡더니 그대로 운동장 사이를 질주하였습니다. 영문도 모른 채 나는 황태의 손에 이끌려 뛰었습니다. 이를 악물고 뛴 결과, 우리는 1등이 되었습니다. 환호하는 아이들과 질투로 눈먼 여자애들의 모습이 보였습니다. 뜀박질의 호흡 때문인지, 황태가 내 손을 잡았단 느낌 때문인지 내 심장은 제멋대로 뛰었습니다. 그때 황태가 무심하게 구겨진 쪽지를 건넸습니다. 한참 숨을 고른 뒤 펼쳐 보니 '여자 친구'란 네 글자가 선명히 박힌 쪽지였습니다.

그날 시간이 어떻게 지나갔는지 모르겠습니다. 교과서를 봐도, 책상을 봐도, 칠판을 봐도 보이는 건 오직 황태의 얼굴뿐이었습니다.

나는 지금 베란다에 앉아 그날을 생각합니다. 그날을 생각하니 또다시 눈물이 흐릅니다.

편안하게 잠든 순희를 보며 나는 쉽게 잠들 수 없었다. 머릿속에선 온통 순희가 손목을 긋던 영상이 떠나질 않았다. 맨정신에는 도저히 버틸 수 없어서 꼬부기에게 전화를 걸었다. 잠결에 전화를 받아 투덜거리더니 여자가 있다고 뻥을 치자 금세 달려 나왔다. 딱히 하는 일 없이 우리는 놀이터에서 노닥거렸다.

"그러니까 그 양껌 자식이 어떤 자식이냐면, 완전 인간 말종. 부모 빽 믿고 개기는 쓰레기. 학교 애들 종처럼 부리고, 말 안 듣는 애들 있음 둘 중에 한 명이 관둘 때까지 끝까지 괴롭히고. 그래도 주제에 좀 산다고 인기는 엄청 났었지."

세상의 불평등을 느낀 꼬부기가 오징어를 양껌인 듯 잘근잘근 씹었다.

"암만 그래도 이상하지 않냐?"

아무리 생각해도 그들을 이해할 수 없었다. 순희가 양껌을 좋아해서 둘이 만난 것까지야 그렇다 치고, 여차저차해서 이별을 맞이한 거야 세상의 순리일 테니 그렇다 치고, 약속이나 한 듯 두 명이 동시에 학교를 떠났다는 건 좀 의아한 일이다. 이별의 아픔이 그렇게 괴로운 건가 생각하기에 양껌 녀석은 너무나 멀쩡히 잘 지내고 있고, 순희는 첫사랑의 열병이 심해도 너무 심했으니까. 고뇌하는 내 실루엣에 감동받은 꼬부기

102

가 내 어깨를 지그시 눌렀다.

"네가 사랑을 알아?"

"뭐?"

"사랑하는 사람에게 배신을 당하는 게 어떤 느낌인지 아냐고."

여자 한 번 만나 본 적 없는 주제에 꼬부기는 글로 배운 사랑을 내게 늘어놓았다. 그래도 주제에 책으로 공부를 해서 그런지 말하는 본새가 제법 전문가 같다. 결국 마지막엔 자조 섞인 목소리로, "그래도 실전만 한 경험은 없겠지?" 하며 자신을 자책했지만 말이다.

그러나 난 여전히 순희가 이해되지 않았다. 아니, 이해할 것도 없었다. 아니, 이해하고 말고의 문제도 아니다. 문득 '내가 왜 걔를 이해해야 하나'라는 근원적인 문제에까지 도달했다. 순희를 생각하는 것만으로 짜증이 올랐다. 거실 장판 위로 뚝뚝 떨어지는 핏방울을 상상하며 내 얼굴은 점점 더 일그러졌다. 괴로웠다. 녀석의 괴로움의 무게가 어느새 나에게까지 더해지고 있었다. 결국, 순희를 잊으려 남은 담배 하나마저 입에 물었다. 돛대를 가져갔단 꼬부기의 투정에도 아랑곳하지 않으며.

"뭘 그렇게 신경 써. 넌 그냥 걔를 학교에만 나오게 하면 끝나는 거 아니야?"

회색빛의 몽글몽글한 담배 연기가 우리들의 시야에 탁하게 피어올랐다.

나는 조용히 고개를 끄덕거렸다. 꼬부기의 말이 맞았다. 나는 그저 순희를 학교에 나오게만 하면 되는 거였다. 녀석이 학교를 안 나오는 이유가 뭐건 간에 난 그 이유 자체에 너무 심혈을 기울일 필요는 없다. 난 그저 이 모든 일을 대수롭지 않게 여기고, 어떻게 하면 녀석을 구슬릴지만 생각하면 된다. 내 눈앞에 닥친 가장 큰 문제는 퇴학 철회이지, 순희의 마음 치유가 아니란 뜻이다. 오로지 그 문제에만 집중하자. 집중하자. 집중하자. 집중하자…….

"그래도 무슨 말 못 할 사정이 있을지도 모르는 거잖아."

머릿속에 있는 생각이 이 사이로 튀어나오는 건 무슨 조화인지. 내 얼굴은 걱정으로 뭉그러졌다.

"그렇게 순희가 걱정돼?"

꼬부기의 말에 놀라 나는 스스로에게 변명했다. 아니다. 그런 게 아니었다. 그냥 이 상황이 조금 두려워진 것뿐이다. 얼마나 아팠기에 저 조그만 여자아이가 자신의 목숨을 스스로 놓으려고 하는 건지. 감당 못 할 얼마만큼의 비밀을 간직하고 있기에 그랬던 건지. 그 비밀의 크기조차 짐작 못 하는 무지한 나에게 빡세는 순희의 세계로 발을 들이밀 카메라를 건넸다. 나는 어느새 녀석이 조금씩 신경 쓰였고, 녀석의 일과가 조금씩 궁금해졌다. 내가 과연 잘하고 있는 것인지 나는 지금도 확신할 수 없다.

"꼬북아."

"왜에?"

"너도 혹시 죽고 싶었던 적 있어?"

"많지. 난 죽지 못해 사는 인간이야. 그건 왜?"

"나, 며칠 전에 자살하려는 여자 라이브로 봤다."

놀라 대답조차 못하려는 꼬부기에게 집에 가기 무섭다고 일렀다.

이상했다. 술에 취해 비틀거리면서도, 콧노래를 흥얼거리면서도, 걷다가 화장실이 급해 소변볼 자리를 찾으면서도 내내 내 기분은 이상했다. 순희는 하루 종일 죽을 생각만 한다. 나는 하루 종일 그런 녀석을 살릴 생각만 한다. 이별의 아픔일랑 애초에 잊어버렸고 나는 하루 대부분을 그 아이 생각으로 지냈다. 이제 베란다를 타고 넘어가 녀석의 집에 들어가는 건 일도 아니다.

이제는 짐이 되어 버린 한가한 공중전화 옆, 자리를 잡고 지퍼를 내렸다. 주변은 삭막했고 밤이라 세상은 고요했다. 물줄기 뻗치는 소리만이 요란한 가운데 누군가의 따가운 시선이 느껴졌다. 부끄러움에 수줍게 고개를 돌려보니 동네 유기견이 한심한 눈빛으로 나를 쏘아보고 있었다. 순간 머쓱했지만 난 인간이고 저 녀석은 하등한 동물이 아니던가.

"저리 안 가!"

녀석의 털은 축축하게 젖었고 입 주변에는 음식물 쓰레기를 뒤진 흔적이 역력했다. 한눈에 봐도 길거리에 산다는 티를 팍팍 풍기는 개다. 나는 재빨리 허리를 틀었다. 음흉한 암캐가 분명할 테니.

"훔쳐보지 말라고."

지엄하게 꾸중했지만 암캐는 나를 계속 곁눈질했다.

"하여튼 개나 사람이나 여자들이란…….."

유쾌한 기분으로 걸어가다 엉큼한 그 개를 다시금 돌아봤다.

팔목에 얼기설기 붕대를 두른 순희가 아직까지 위태한 삶을 지속 중이다. 폼 안 나게 베란다로 넘어가야 하는 내 입장이 서글펐지만 창문 열기를 미적거리는 녀석에게 한바탕 호통칠 여력은 있었다.

"기왕 여는 거면 빨리 좀 열어라. 밖에 열라 춥거든?"

꾸물대는 순희를 보며 나는 잔소리를 늘어놓았다. 입을 삐죽이는 녀석의 건강한 얼굴을 보니 우울했던 기분이 살아나는 것 같았다.

"술 마셨어?"

순희가 내 앞에 다가와 강아지처럼 코를 킁킁거렸다. 나는 숨을 참았지만 역한 술 냄새에 순희는 미간을 구겼다.

"비 내리잖아."

마침 비도 왔고 날씨도 꿀꿀했다. 13일의 금요일을 미신이라 믿기엔 현실은 너무나 암울해 보였다. 녀석의 행동은 가히 충격적이었고 나는 밤새 잠을 이룰 수 없었다. 그게 술을 마신 이유의 전부는 아니었지만 어쨌든 지대한 영향을 끼친 건 사실이었다.

내 시선이 녀석의 전신을 훑다가 팔목에 우뚝 멈췄다.

"진짜 괜찮아?"

아직은 많이 아플 것이다. 병원도 안 간다고 끝까지 고집이고.

"나, 뭐 하나만 물어봐도 돼?"

"뭐?"

"사람들이 그러는데, 너 은둔형 외톨이라고. 정말이야?"

"응."

"왜에?"

"그냥."

"세상 살기가 싫어?"

"아니."

"원래 성격 같은 게 어두운 거야?"

"아니."

"감정 기복은?"

"괜찮은 거 같은데."

"그렇구나. 난 좀 정신이 왔다 갔다 하는데. 감정 기복도 대따 심하고. 나 같은 사람 어때?"

"별로 생각 안 해 봤어."

"앞으론 생각 좀 많이 해 줘. 많은 보호와 관심이 필요하거든."

"그래. 가라."

빌어먹을. 녀석의 생존여부를 확인하러 갔다가 내 고민만 주구장창 털어놓았다. 머쓱함에 발길을 돌리는데 문득 가지고 온 생명체가 생각났다.

"혹시 개 좋아해?"

두툼한 상의 지퍼를 내리자 갈색 털이 엉킨 개가 튀어나왔다. 더러운 개가 나오자 순희가 깜짝 놀라 뒤로 물렀다.

"얌마! 네 주인이다!"

떡 돌리듯 무심하게 순희에게 그 개를 밀었다. 성장판이 닫혀 버린 이 개는 덩치도 무지 크고 얼굴도 무지 구리다.

"가져."

머뭇거리는 순희에게 억지로 개를 떠넘겼다. 순희는 어설프게 개를 들었다. 아직 안는 방법을 모르는 거 같았다.

"개 좋아해?"

난 개가 별로다. 어렸을 때 동네 개한테 코를 깨물린 아픈 추억이 있다.

"버려졌어. 이 개. 종은 잘 모르겠는데, 아마 이것저것 섞였겠지 뭐. 성별은······."

순희가 들고 있던 개를 **빼앗아** 중요 부위를 확인하였다.

"암놈이네. 암놈."

어쩐지 날 바라보는 눈길이 예사롭지 않더라니. 또다시 개를 슬쩍 밀고 돌아서는데, 순희가 내 뒤통수에 대고 개를 가져가라고 소리를 질렀다.

"죽일 거야."

나는 뒤도 돌지 않았다.

"보호소 가면 말이야. 그러니까 그냥 네가 키워."

별로 예쁜 개는 아니다. 그렇다고 작은 개도 아니다. 깨끗하지도 않고 변태성도 약간 있는 것 같았다. 보호소 가면 어차피 입양도 되지 못하고 죽을 것이다.

"죽는 것보단 낫잖아. 안 그래?"

순희가 정곡을 찔린 듯 조용해졌다.

그래, 너 들으라고 한 얘기 맞다.

관찰 16일째

– 오전 10시 –

순희가 개와 밀당 중이다. 서로의 보이지 않는 경계를 넘지 않으며 상대의 허점을 면밀히 탐색하고 있다. 순희는 개를 뚫릴

듯 응시하지만 개는 그런 시선이 부담스러워 고개를 돌린다.

- 오후 1시 -

순희가 우유밥을 만다. 자기 것 한 그릇, 개 것 한 그릇. 쑥스러운지 개 앞으로 밥을 심드렁히 내민다. 낑낑대던 개가 순희가 내민 우유밥을 할짝거린다. 그 모습을 보던 순희의 얼굴에 설핏 미소가 핀다.

- 오후 3시 -

순희가 개를 끌어안는다. 처음 받았을 때보다 안는 게 안정적이다. 개를 자신의 무릎에 앉히고 베란다 밖 사람들을 관찰 중이다. 녀석의 얼굴이 오랜만에 평화스럽다. 개는 사람들만 지나가면 왕왕 짖는다.

"쉿!"

순희가 개를 억지로 품는다.

"내 세상에 들어왔으면 내 법칙을 따라야지."

이상야릇한 말을 내뱉곤 개를 숨도 못 쉬게 껴안고 흔든다.

관찰 17일째

언제고 이런 날이 올 줄 알았다. 빡세가 하는 일이 거기서

110

거기다. 지방 국립대 머리에서 나온 상상력이란 게 딱 그 정도의 사이즈였던 것이다.

　사건 발생 시각은 오늘 오후 8시 13분. 본인 박무민(이하 본인)은 라면을 먹는 중이었고, 지순희(이하 상기자)는 뉘엿뉘엿 지는 해를 보며 초에 불을 붙이는 시점이었다. 정전은 갑자기 예고 없이 시작됐고, 아파트 전체는 일순간 암흑에 잠겼다. 정전에 당황한 본인은 본인의 휴대폰 플래시를 빠르게 켰고, 상기자는 깜박거리며 빛을 발하는 마지막 비상등의 전구를 **뺐**다.
　그렇다. 이 모든 건 지하 변전실 검사에서 비롯된 일이다. 약 10분간의 정전을 예고하며 온 동네는 고요해졌다. 순간의 무료함을 달래기 위해 본인은 담배를 찾아 뒤적거렸고, 상기자는 비상등 밑 조그만 카메라를 발견했다. 본인은 라이터에 불을 붙였고, 상기자는 비상등 밑 작은 카메라를 떼 면밀히 관찰하였다.
　오, 지저스! 꼬일 인생은 뭘 해도 꼬이는 것인가!
　참으로 시기적절하게도 순간 빛이 쏟아지듯 아파트 전체의 불이 켜졌다. 화면 속 상기자는 자신의 손아귀에 있던 게 감시 카메라라는 사실을 간파한 뒤였다.
　모르는 척 쌩을 깔까, 빡세에게 이 사실을 보고할까, 아니면 순희네 아줌마에게 모든 걸 덮어씌울까 도저히 마땅한 방법이 떠오르지 않았다. 동영상 속 상기자는 본인을 보며 손가락을 까닥거렸다. 이유 여하를 막론하고 본인을 범인으로 확신하고 한 행동이었다.

오줌이 마렵다. 들어가기가 겁난다. 그렇게 들어가고 싶던 501호 문을 통과하게 됐는데 왜 이렇게 내 심장은 쪼그라드는지 모른다.

복도에 앉아 그렇게 얼마간 있었다. 철근 같은 다리를 일으켜 501호 벨을 눌렀다. 기다렸단 듯 거대한 문이 열렸고, 나는 멈칫거리다 그 안으로 들어섰다.

"죽을래?"

정확히 내가 거실로 진입을 하기도 전이다. 입구에서 신발을 어설프게 벗으려 하기도 전이다. 순희는 내게 카메라의 잔해를 집어던졌다. 산산조각 난 카메라의 시신들이 처참하게 내 앞에 쏟아져 내렸다.

"야! 너 이게 얼마짜린데!"

재빨리 카메라의 안전유무부터 살폈다. 빡세가 발품 팔아 산 새것 같은 중고품이었다. 초소형에 고화질에 무선작동이 가능한 카메라가 어디 그리 만만한 가격이더냐.

"변태 새끼."

카메라의 찌꺼기를 들고 순희를 바라보았다.

"설명할게."

"오지 마. 오면 죽여 버릴 거야."

처음 만난 냉정한 그날이 떠올랐다.

"화내는 거 이해하는데 내 말부터 들어 봐. 다 설명할 수 있어."

처음부터 이럴 작정은 아니었다. 하도 문을 안 열어 주고 사람을 경계하니까. 나도, 빡세도 달리 방법이 없었다.

"너 지금까지 아무렇지도 않은 척 나 훔쳐봤어? 그래서 그때도 들이닥친 거야?"

모든 결과의 원인이 명백해졌다. 상처가 아물지 않은 손의 붕대를 잡아 뜯으며 녀석은 고래고래 소리질렀다.

"진정하라고!"

나는 더욱 크게 외쳤다. 화난 건 화난 거고 아픈 건 아픈 거니까.

"훔쳐보니 좋디? 쾌감이 느껴지디?"

오해다. 백 퍼센트 오해다. 난 변태가 아니다. 여자를 좋아하긴 하지만, 야동도 몇 번 보긴 했지만 그건 누구나 다 그런다. 이 시기엔 원래 다 그런다.

"미친 새끼. 너 같은 새끼한테 내가⋯⋯."

순희는 울음을 참으려 입술을 물었다. 못생긴 개새끼도 내 쪽으로 밀었다.

"꺼져. 다 필요 없어."

힘들게 가까워진 우리가 또다시 멀어지고 있었다.

"그런 거 아니라니까. 믿어 주라, 좀."

믿긴 뭘 믿나? 이렇게나 증거가 완벽한데. 나 같아도 안 믿을 씨알도 안 먹힐 변명들.

"뭘 믿어?"

원망 섞인 소리를 내지르는 녀석의 눈동자를 지그시 바라보았다.

"뭘 믿느냐고!"

이제는 진실을 말할 때, 말해야 될 때다. 나는 순희를 보며 소리질렀다.

"첫눈에 반했다!"

기가 찬 순희가 말을 잇지 못했다.

"안 믿어도 상관없어. 난 장난 아니니까."

나 역시 단호하게 굴었다.

"그딴 거 안 믿었는데 널 보니 믿게 됐다. 그래서 그랬다."

"꺼져."

"보고 싶은데 볼 수가 없었어. 알고 싶은데 알 수가 없었어."

죄책감을 불어넣은 혼신의 연기에 내 자신조차도 손발이 오그라들었다.

"개수작 부리지 마."

개 앞에서 아주 못하는 소리가 없다. 나는 다시 한 번 연기에 힘을 실었다.

"미안하다."

"꺼지라고 했다."

돌아서는 어깨 너머로 가슴 한구석 어딘가가 따끔거렸다. 현관으로 걸어가는 짧은 시간 여러 가지 생각이 머릿속을 헤집었다.

"상처 받았다면 사과할게. 하지만 오해하지 마."

나와 순희는 또다시 멀어질 거다. 힘겹게 안면을 튼 나의 노력에도 불구하고 우리는 처음부터 모든 걸 다시 시작해야 한다. 눈물이 찔끔 나올 거 같았다.

"미안하다. 정말."

순희는 내가 사라질 때까지 그렇게 원망의 눈초리로 날 노려보았다.

착잡했다. 아이처럼 엉엉 울고 싶은 심정이다. 초소형 카메라 하나가 날아갔고(물론 전부 부서진 건 아니다. 나머지 카메라가 여전히 순희를 감시하는 중이다), 힘들게 쌓은 신용마저 잃었다.

"쌤, 저 무민인데요. 설치한 카메라 하나가 걸렸어요. 대충 둘러대긴 했는데 믿는 눈치가 아니라서……."

여전히 정리하려 해도 생각이 정리되지 않았다. 둘러댄 말이라도 변명이 어이없다.

첫눈에 반했다고? 에라이, 등신아. 그걸 말이라고 하냐?

관찰 18일째

순희네 아줌마가 학교에 왔다. 교감 쌤은 옳다구나 싶었는지 온 김에 순희의 자퇴서를 받으라고 했고, 빡세는 아직은 자퇴서를 쓸 수 없다며 단칼에 교감의 말을 잘랐다. 난 빡세의 부탁으로 아줌마를 문밖까지 배웅해 드렸다. 아줌마는 당분간 병원에 입원을 한다고 했다. 자궁에 혹이 나 제거받는 수술인데 말만 들어도 끔찍하다. 의문을 참지 못하고 엄마에게 전화해 자궁근종 수술이 무어냐고 물었다. 엄마가 그건 여자의 고달픈 일생과 닮아 있다는 뜻 모를 얘기를 했다.

"걱정 마시고 맘 편히 수술하고 오세요. 저희 반 애들도 다 순희를 걱정하고 있답니다."

아줌마는 고맙다며 연신 내 손을 잡았다. 오늘도 손에는 기름이 덕지덕지 묻었다. 약간의 죄책감 같은 게 올랐다. 모범생도 아닌 날 옆집에 산다는 이유만으로 아줌마는 엄청나게 신뢰하고 있었다. 자꾸만 나보고 잘생겼다고 하고(이건 뭐 으레 듣는 말이니 아무렇지도 않다), 순희에게 이런 친구가 있어 든든하다고도 하고(내 인상이 원래 좀 호감이니 이것도 그저 그렇다), 커서 사윗감 삼고 싶다는 얘기에는 나도 모르게 장모님이라고 부를 뻔했다.

아줌마에게 예의 바르게 인사하고, 가는 뒷모습을 물끄러미 지켜보았다. 축 처진 어깨에 윤기 없는 흰머리가 나의 눈동자 안으로 잔잔하게 박혔다. 아줌마는 느리게 걸어가다 다시금 나를 돌아봤다. 뭔가 잊었는지 나에게 달려와 무언가를 건넸다. 일단은 감사하다 말하고 펼쳐보니 역시 족발이었다. 뜨거운 김이 사라지지 않은 족발을 보니 어쩐지 기분이 이상해졌다. 애들은 족발을 중심으로 우르르 몰려들었지만 난 왠지 그 음식을 목구멍 안으로 넘길 수 없었다. 아줌마에게 차마 순희가 손목을 그었단 얘기는 할 수 없었다. 빡세에게도 그것은 철저한 비밀이었다. 어쩌다 보니 나와 녀석 간에 말 못 할 비밀이 또 하나 늘었다. 그래도 끝까지 그 말은 덮어둘 작정이었다. 두 분을 신경 쓰이게 하고 싶지 않다는 나의 참된 배려가 내 배꼽 언저리 어딘가에서 꿈틀거렸다.

하교 후에도 나는 정신이 없었다. 순희와 다시 친해질 방법을 찾아야 했다. 밥 먹을 시간도 없었다. 애들과 시답잖은 농담을 주고받을 시간도 없었다. 나는 미친놈처럼 녀석을 다시 등교시킬 방법을 찾아 헤맸다. 꼬부기는 이 모든 게 이별의 아픔 때문이라고 하지만 그건 정말 모르시는 말씀이다. 난 이제 장혜령이 누구였는지조차 기억나지 않는다.

"아들, 공부하는 거야?"

"그럴 리가요."

엄마가 과일을 들고 노크도 없이 내 방에 들이닥쳤다. 나는 사생활 운운하며 휴대폰을 책상 아래 잽싸게 숨겼다. 엄마가 수상한 낌새를 눈치채고 책상 주변을 살폈다. 나는 얼른 교과서를 꺼냈다.

"곧 시험 기간이니까 오랜만에 책이나 구경해 볼까?"

갑자기 지어낸 말치고는 여간 훌륭한 게 아니다. 엄마는 그제야 만족스러운 웃음을 보였다. 3일간 감지 않은 내 머리를 기특하게 몇 번이고 쓰다듬었다. 아마 내가 옆집 여자애를 매일 훔쳐보고, 그 상황을 보고서로 작성하는 걸 알면 아마 뒷목을 붙잡고 쓰러질 거다. 하지만 어쩔 수 없다. 살기 위해 선택한 행동이니 울 엄만 이런 날 무조건 옹호해야 한다.

어머니, 부디 못난 아들을 용서하소서. 이 모든 건 전부 효자가 되기 위한 행동이랍니다.

엄마는 혹여 자신이 공부에 방해가 될까 내 방을 황급히 빠져나갔다. 나는 빠르게 책상 아래 숨겨 둔 전화기를 꺼냈다.

"이중생활 하느라 고생이 많구나. 친구야."

꼬부기가 기다렸단 듯 위로의 말을 건넸다.

"그나저나 순희, 고걸 어떻게 구슬리지? 양껏 그 자식이 뭘 알고 있는 것 같긴 한데……."

모니터에 비친 순희를 보며 나는 다시 한 번 재활의 의욕을 불태웠다.

"그 자식 요새 어디서 누구랑 노는지 알아?"

또 무슨 바람이 불었는지 모니터 안 순희가 훌쩍거렸다.

"너희 아파트 근처 공사장 컨테이너 박스에 자주 간다더라. 애들 말로는 거기가 지들 아지트래."

"아지트?"

우리 동네 근처에 빈 건물이 몇 개 있다. 공사를 하다 만 건물인데 그 앞으로 컨테이너 박스가 놓여 있다. 처음 한동안은 뚝딱뚝딱 잘하는가 싶더니 어느 날부터 골격만 남긴 채 인부들은 보이지 않았다. 샛별 아파트 주민들은 건물주가 도망가서 공사가 중지된 것이라고 했다. 그렇게 컨테이너 박스는 흉물스러운 몰골을 유지한 채 몇 달간 그렇게 방치되었다. 슬금슬금 아이들이 몰려든 건 그로부터 몇 달이 지난 뒤였다. 엄마는 아줌마들과 함께 그곳을 철거하라고 시위했다. 구청은 남의 땅이라 함부로 철거할 수 없는 입장이라고 밝혔다. 짓다 만 건물은 이러지도 저러지도 못 하고 낮에는 아이들의 놀이터로, 밤에는 집 나온 아이들의 잠자리로 전락하고 말았다. 어른들은 그곳을 피해 다녔지만 아이들은 어른들이 없다는 이유만으로 그곳을 찾았다. 나도 꼬부기와 몇 번 그곳에 간 적이 있다. 먼지 먹은 소파가 위풍당당하게 놓여 있고 각종 쓰레기가 나뒹구는 곳. 부탄가스와 공업용 본드, 담배꽁초와 각종 빈 병들이 전시장처럼 펼쳐져 있었다.

"지순희, 좀만 기다려라. 내가 너 꼭 학교에 다시 나오게 만든다."

모니터 속 울고 있는 순희를 보며 나는 다시 한 번 다짐했다.

관찰 19일째

– 밤 9시 –

금연을 시작한 지 어느덧 사흘이 지났다. 이 시기가 고비라고 하더니 정말로 그러하였다. 금연을 해야겠다는 결심은 약해진 나를 더욱 약하게 만들고 있었다. 손발이 덜덜 떨리고 자꾸만 입안에 뭔가를 물었다. 수업 시간에는 모나미 펜을 뻐끔거리다 빡세에게 걸려 된통 혼나기까지 했다. 그 덕에 내 의지와는 상관없이 한약방에 끌려갔다. 몸부림치는 나를 붙잡고 빡세는 금연침이란 걸 맞혔다.

"이딴 거 안 해도 된다고요!"

울부짖으며 반항해 봤지만 빡세는 엑스칼리버로 내 어깨를 두어 번 내리쳤을 뿐 그 일을 묵묵히 진행시켰다.

"이딴 게 효과가 있을 리 없잖아요!"

걱정일랑 붙들어 매시라고 설득했지만 빡세는 결국 나의 귀에 일곱 개의 침을 꽂았다. 기분이 나빠져 돌아오는 길에 담배를 구입했다. 이깟 게 이기나 내가 이기나 시험해 볼 작정이었다. 보란 듯 담배를 물자 온갖 구역질에 두통이 쏟아져 내렸다. 감히 가느다란 바늘 쪼가리에 내 의지가 좌지우지되다니. 이대로 굴복할 순 없었다. 체내의 고통을 감내하며 보란 듯 두 번째 담배를 태웠다. 처음보다 괴롭진 않았지만 여전히 괴로웠다. 당당하게 세 번째 담배를 태우자 역함도 어느새 진정됐다.

"거봐, 이딴 거 내가 효과 없다고 그랬잖아."

빡세는 모르고 있다. 모름지기 금연이란 자기 자신과의 싸움인 것을. 금연한 지 사흘 만에 나는 다시 흡연을 시작했다.

- 밤 10시 30분 -

아파트 입구에 들어서는데 양껌 일행이 지나갔다. 꼬부기 말마따나 지들 아지트에 가는 모양새였다. 특유의 요란한 차림새를 하고 있어 멀리서도 녀석인 걸 한 방에 알았다. 탁구공을 튕기며 껄렁하게 걷기에 뭔가 불길한 예감이 들었다. 아니나 다를까, 아파트 입구 너머 한쪽에서는 검은 연기가 모락모락 피어올랐다. 요즘 컨테이너 박스 안에서 유행처럼 번지는 유치한 장난이었다. 연막탄 제조법이란 것인데 이미 학교에선 철저히 금한 장난이었다. 단기간의 유학 생활로 한국 물정을 잊은 것이 분명해 보였다. 불안한 마음에 녀석이 사라진 골목을 노려보았다. 순간, 바람 끝으로 뭔가 타는 냄새가 스쳤다. 본능적으로 연기가 나는 쪽을 향해 뛰었다. 역시나 샛별 아파트 앞은 사람들로 웅성거렸다. 순희의 집 밖으론 희뿌연 연기가 치솟았다. 나는 얼른 그곳에 섞였다.

"아저씨, 무슨 일이에요?"

경비 아저씨가 나를 보자 다행인지 불행인지 한숨을 쉬었다.

"501호 학생, 결국 일냈어."

"순희가요?"

"아직 안에 있는데 왜 이렇게 소방차는 늦어. 신고한 지가 언젠데. 늦게 오면 질식하는데."

경비 아저씨가 안타까움에 발끝을 동동 굴렀다. 무의식적으로 나는 경비 아저씨에게 가방을 밀었다. 교복 상의를 벗고 아파트 안을 향해 뛰어들었다.

"학생! 어쩌려고? 무민아! 어디 가!"

대꾸할 시간이 없었다. 빨리 들어가 순희를 구해야 했다.

머릿속에 온통 그 한 가지 생각뿐이었다.

– 밤 10시 40분 –

순희가 집 안에 있다. 다급한 마음에 501호 대문을 부서져라 두드렸다. 역시나 반응이 없었다. 열쇠를 복사할 걸 하는 늦은 후회가 들었다. 빡세에게 연락할까 했지만 그럴 시간의 여유조차 없었다. 기계적으로 베란다를 통해 순희 집으로 넘어갔다. 창문을 깨고 불길을 피하며 아슬아슬 순희네 집 안으로 진입하는 데 성공했다.

집 내부는 연기로 쌓여 한 치 앞도 보이지 않았다. 재킷을 이리저리 휘저어 나아갔지만 매캐한 연기 때문에 계속 기침이 났다. 플라스틱 타는 냄새가 고약하게 코를 쑤셨다. 숨을 쉬면 쉴수록 온몸으로 연기가 파고들었다. 개새끼가 낑낑대며 순희의 주변을 돌았다. 순희는 의식을 잃었는지 특별한 반응이 없었다. 나는 떠지지 않는 따가운 눈을 비비며 벽을 더듬어 앞으로 향했다. 오로지 감각만을 믿고 의지해 한쪽 구석에 있는 순희를 깨웠다.

"야! 지순희! 일어나, 얼른 정신 차려 봐!"

괴로운 듯 순희가 기침을 쏟았다. 나는 순희를 안았다.

"야……. 얌마."

순희가 내 품에 안겨 어딘가를 향해 계속 팔을 허우적거렸다. 눈에 연기가 들어가 엄청나게 따가웠지만 순희는 나가기를 거부했다. 계속 무언가를 찾듯 허공을 저었다. 그제야 생각났다. 그 개새끼의 이름이 얌마란 사실이.

"얌마! 얌마!"

거칠게 부르자 얌마가 한쪽 구석에서 튕겨 나왔다.

이 급한 와중에 개새끼까지 챙겨야 하다니. 얌마를 순희 위에 올려놓고 나는 밖으로 향했다.

- 밤 11시 -

싫다는 순희를 억지로 병원에 보냈다. 나는 끓는 분노를 누르고 있었다.

주민들은 내가 나오자 일제히 손뼉 쳤다. 용감한 시민상 수상감이 여기 있다며 한없이 나를 치켜세웠다. 그러거나 말거나 나는 상관없었다. 들것에 실려 가는 순희를 보며 내 마음은 편치 않았다. 어딘가에 남아 있는 분노가 끝을 모르고 펄펄 끓었다.

- 밤 11시 30분 -

공사장 길목을 거뭇한 내가 엉망인 차림새로 걷고 있다. 그 사실을 자각하지 못할 만큼 나는 화가 났다. 누군가 내 이름을 불렀지만 무시한 채 걸어갔다.

컨테이너 박스에는 반항기 어린 청소년들의 탈선이 한창이었다. 술에 떡이 돼 버린 양껌의 앞에 서자 녀석이 삐딱하게 나를 올려다봤다. 나도 비스듬히 고개를 꺾어 녀석을 내려다보았다.

"장난하냐?"

목소리가 떨렸고 주먹이 부들거렸다. 양껌은 시선조차 돌리지 못할 만큼 환각에 취했다.

"죽을래?"

늘어진 녀석의 몸을 일으키자 녀석의 흔들리는 동공이 제자리를 찾았다.

"새끼야, 장난 좀 친 거야. 너도 그년 땜에 괴롭다고 했잖아."

"진짜 사람이 죽을 뻔 했다고!"

절체절명의 위급한 순간이었다. 내가 조금만 늦었다면 순희는 아마 끔찍한 일을 당했을 거다.

"그깟 연기 좀 마셨다고 사람이 죽겠냐?"

녀석은 빈정거렸지만 그건 녀석이 판단할 문제가 아니다.

나는 녀석의 멱살을 잡았다. 핏발 선 눈으로 녀석을 노려보자 녀석의 하수인들이 내 주변을 에웠다.

"개 노릇하는 거 쪽팔리지도 않냐?"

비슷한 또래에 비슷한 옷을 입고 비슷한 것을 배우며 산다고 믿었다. 하지만 우리의 생각은 달랐다. 철저히 달랐다. 모두 한 가지 목표만이 있다고 느꼈다. 지긋지긋한 학교생활 벗어나기, 선생에게 안 걸리고 주도면밀하게 탈선하기, 가끔은 어른들이 놀랄 만한 짓궂은 장난치기, 작은 일탈이 우리에게 주는 소소한 행복이라 여겼다.

"새끼야. 오버하지 마. 그냥 장난 좀 친 거 갖고."

"진짜 죽을 뻔 했다고!"

"사람, 그렇게 쉽게 안 죽어."

대체 뭘 믿고 저렇게 뻔뻔하게 개기는 건지. 불결했다. 저 자식의 모든 게.

"너는 잘 모르겠지만 내가 그년한테 빡치는 일이 좀 많거든? 지금도 그년 생각만 하면 이가 갈려. 그러니까 잘 알지도 못하면서 함부로 까불지 말라고. 듣자하니 너도 학교 잘리기 직전이라던데 때려치우고 싶음 언제든 얘기하고. 내가 울 엄마한테 얘기해서 시기 정도는 적당히 앞당겨 줄 테니까."

어이가 없었다. 실없는 웃음이 터졌다. 착각하지 마시라. 내가 학교를 부득부득 다니는 건 뭔가 거창한 목표 의식이 있어서가 아니다. 울 엄마 평생소원이 내 고등학교 졸업장 하나라기에, 딱 그거 하나 때문이었다. 그런데 자퇴를 해 검정고시학원에 다녀도 이곳보단 인간적일 거 같았다. 부모 빽 믿고 개기는 인간 같지도 않은 놈. 그런 놈 옆에서 뭐 떨어질 거 없나 비위 맞추며 친구랍시고 붙어 있는 놈.

"걔 자퇴까지 2주 남았다며? 내 목표가 뭔지 아냐? 나 학교 못 다니게 한 그년 자퇴시키고, 아주 이 동네에서 발 못 붙이게 매장해 버리는 거."

여차하면 나도 자를 수 있다며 양껌은 살벌하게 나를 노려보았다.

그래. 2주 남았다. 근데 녀석의 뜻대론 절대 안 될 것이다.

내 나이 열여덟, 생애 처음으로 목표란 게 생겼으니까. 나는 어떻게든 순희를 학교로 다시 보낼 작정이다. 수단과 방법을 가리지 않고 어떻게든 말이다.

진술서

작성자 : 지순희

누군가 문을 열고 우리 집에 들어왔습니다. 나는 겁에 질려 가스총을 꺼냈습니다. 이 가스총은 인터넷으로 구매한 호신용입니다. 쓸 일이 없었다면 좋았겠지만 나는 이 가스총을 사용한 적이 있었습니다. 애석하게도 그 대상은 바로 무민이었습니다. 물론, 정당방위였습니다.

오늘은 서연이가 우리 집에 놀러 왔습니다. 순간적으로 가스총을 꺼내 들었지만 서연인 걸 알고 안심했습니다. 서연이는 한 움큼 싸 온 짐들을 식탁 위에 차근차근 올렸습니다. 나를 보며 한 바가지의 잔소리를 쏟아 내기에 나는 살짝 피곤해졌습니다.

"또 컴퓨터야? 하루 종일 지겹지도 않아?"

서연이가 나를 보며 한숨을 쉬었습니다. 나는 대답 대신 묵

128

묵히 자판을 눌렀습니다. 서연이는 우리 집 안을 찬찬히 둘러 봤습니다. 온통 컴컴한 실내가 맘에 들지 않나 봅니다. 서연 이가 블라인드를 있는 힘껏 젖혔습니다.

"밤이야? 왜 세상을 거꾸로 사는데?"

환한 빛이 내 얼굴 위로 뜨겁게 쏟아져 내렸습니다. 난 빛이 참 싫습니다. 그런데 어둠은 더 싫습니다. 그래서 나는 어둠에 나를 가두고 살았습니다.

"밥은 제대로 챙겨 먹는 거야?"

나는 대답하지 않았습니다.

"치킨 먹자. 네가 좋아하는 집에서 사 왔어. 학교 앞 사거리 양념치킨집."

서연이가 사 온 것은 내가 환장하게 좋아하는 양념치킨이었 습니다. 하지만 내 식탁은 이제 우유 외엔 그 어떠한 것도 허용 하지 않습니다. 서연이가 날 보며 또다시 한숨을 쉬었습니다.

"네가 사람이지, 개야? 어떻게 만날 개하고 똑같은 걸 먹어?"

나는 개만도 못 한 사람입니다.

"좀 적당 적당히 해. 유난 떨지 말고. 것도 집착이야."

서연이가 닭다리를 들고 불편한 얼굴로 내게 다가왔습니다.

"어쩌려고 그래?"

나는 대꾸하지 않았습니다.

"이렇게 살 거야? 계속?"

지난 몇 달간 나는 이렇게 살았습니다. 불행히도 내게 생애 기간이 더 연장된다면 나는 앞으로도 죽 이렇게 살 예정입니다.

"꼭 이렇게 힘들게 살아야 해?"

당신들에게 고백합니다. 사실은 나도 이렇게 살고 싶지 않다는 걸 말입니다.

"그럼 학교에도 안 가고 뭐 하는 건데?"

지겨운 건 내가 더했습니다. 서연이에게 나가라고 한바탕 소리를 질렀습니다.

"갈 거야. 치킨 전해 주러 온 거야."

어차피 안 먹을 음식입니다.

"맛있게 먹어. 꼭꼭 씹어서 소화 다 시키고. 한 마리 뚝딱 다 먹어."

이래서 나는 서연이가 오는 게 싫었습니다. 서연이를 보면 꼭 그날이 떠올랐습니다. 서연이의 걱정은 내게 곧 짐이 됩니다.

"순희야, 이제 그만 잊자. 응?"

서연이가 또다시 내게 간청합니다. 결국, 참았던 눈물이 내 눈에서 터지고 말았습니다.

"그 소리도 하지 마. 이젠."

나는 또다시 냉정해졌습니다.

감정이라는 거, 그 생각마저 나에게는 죄악이기 때문입니다.

관찰 20일째

이건 완벽한 누명이다. 순희가 불을 지른 게 아니다. 이웃 사람들 모두 그렇게 믿고 있지만 오로지 나 한 명은 범인을 안다. 심경이 복잡스럽다. 범인을 좀생이처럼 나불나불댈 수도 없다. 내가 분다고 해서 과연 양껌 녀석이 자신의 죄를 순순히 인정할지도 의문이다. 아무것도 모르는 순희는 내 방 침대에 조용히 잠들어 있다. 빡세에게 대충의 상황을 보고했더니 얘기가 끝나기도 전에 빡세는 우리 집에 들어서고 있었다. 빡세는 순희의 상태를 살피더니 안방으로 들어가 엄마와 한참이나 얘기를 나눴다. 나는 의자에 앉았다. 내 침대에 잠들어 있는 순희의 얼굴 위로 연기 그을음이 덕지덕지 묻었다. 녀석의 거뭇한 얼굴을 닦으며 나는 죄책감에 시달렸다. 축축한 기운이 느껴졌는지 순희가 잠에서 깼다. 녀석은 아무런 말도 하지 않았다. 탁한 시야로 노려보는 눈빛에는 어떠한 감정도 담겨 있지 않았다. 나는 괜스레 수건을 등 뒤로 감췄다.

"우리 집이야. 병원에 계속 있는 건 불편해할 거 같아서. 너희 어머니한테 대충은 얘기했어. 괜찮지?"

"아니."

순희는 억지로 몸을 일으켜 앉았다. 맘처럼 되지 않는지 비틀거렸다. 팔뚝에 꽂힌 링거 줄이 순희처럼 외로이 달랑거렸다. 순희는 익숙하게 링거를 뽑았다. 나는 놀라 순희를 잡았다. 내 목소리는 전에 없이 따뜻해져 있었다.

"어디 가려고? 너무 늦었으니까 오늘은 일단 우리 집에서 쉬어."

순희를 억지로 앉히고 나는 급하게 불을 껐다. 나가려는데, 순희가 나를 불러 세웠다.

"네가 구한 거야?"

나는 가려던 걸음을 멈췄다.

"네가 뭔데 나를 구해?"

침묵에 갇힌 나를 보고, "그냥 죽게 내버려 뒀어야지." 하며 순희가 비아냥거렸다. 대꾸 없이 나가려는데, "난 또 죽을 거야."라고 말하는 순희 목소리가 떨렸다.

"죽을 때까지 죽을 거야."

녀석의 낮은 목소리가 자꾸만 나의 신경을 건드렸다. 몸을 비틀어 어둠 속 순희를 노렸다. 순희의 표정은 여전히 단호했다.

"그렇게 죽고 싶어?"

자신을 비하하는 녀석에게 나는 서늘하게 쏘아붙였다. 녀석은 긍정도 부정도 하지 않았다. 나는 그런 순희를 잡았다. 녀석의 팔목 뼈마디가 앙상했지만 나는 개의치 않았다. 순희를 내 방 침대에서 끌어내렸다.

"꺼져. 내 방에서 당장 꺼져."

내 힘에 이끌려 순희가 맥없이 흔드렁거렸다.

"너 같은 건 살 가치도 없어. 네 목숨이니까 네 맘대로 막가는 거야? 그럼 불길 속에 뛰어가 구한 난 뭐가 되냐? 난 등신이냐? 나가! 꺼져!"

못된 것. 은혜를 똥으로 갚는 고약한 것. 내가 지 목숨을 몇 번이나 구해 줬는데 또다시 죽고 싶다 이딴 말이나 지껄이고. 나는 화를 참지 못하고 녀석에게 달려들었다.

"누가 너보고 살려 달래? 네가 뭔데 나를 구해? 내가 언제 살려 달라 그랬냐고!"

순희 역시 지지 않겠다는 듯 나를 보며 목청을 높였다.

"나 좀 제발 그냥 내버려 둬! 왜 다들 나를 못 잡아먹어서 안달이냐고! 건들지도 말고 신경도 쓰지 마! 제발 그냥 없는 사람 취급하라고!"

순희가 이성을 잃고 마구 지껄였다. 녀석이 광분해 날뛸수록 내 마음은 오히려 안정을 찾았다.

"그렇게 뒈지고 싶으면 혼자 가서 뒈지든가. 괜한 집에 불질러서 여러 사람 애먹이지 말고."

노려보는 순희의 눈동자가 애달픔의 끝을 달리고 있었다.

"네가 뭘 안다 그래?"

"내가 뭘 꼭 알아야 돼?"

나는 모른다. 순희에 관한 건 아무것도 모른다. 저렇게 입을 꾹 다물고 있는데 어찌 알 방법도 없다. 추론해 보자면, 내 멍청한 머리로 추론해 보자면, 이건 필시 학교 폭력 때문일 것이다. 양껌이 순희에게 잘해 준다는 소식이 돌면서 순희는 여자아이들의 질투의 대상이 됐다. 물론, 그 가운데는 내 전 여친 혜령이도 있었을 거다. 혜령이의 주도하에 아이들은 순희를 집요하게 괴롭혔고 도와줄 거라 믿었던 양껌마저도 순희를 외면했다. 얼마나 학교 가기가 무서웠을까 싶다가도 그깟 왕따 좀 당했다고 유세 떠는 꼴이 우습고, 얼마나 세상이 더럽다고 저렇게 죽지 못해 안달하는 것도 같잖다.

"알지도 못하면서 함부로 지껄이지 마."

순희는 그렇게 말했지만 양껌을 만난 것도 순희고, 양껌과 헤어진 것도 결국 순희다. 어차피 순희가 자처한 일이었고, 순희는 그것에 대한 책임을 져야 한다. 냉정하게 들릴지 몰라도 어차피 양껌은 딱 그만한 놈이다. 순희만 그걸 몰랐을 뿐.

"너야말로 세상 슬픔 다 짊어진 것처럼 쇼하지 마. 네가 아무리 날고 기어도 사람들은 관심 없어. 네 행동? 초딩이나 하는 유치한 발악이야."

순희의 얼굴이 좌절감으로 일그러졌다. 걸음은 방문을 향했다.

"그래, 가. 가서 곱게 혼자 뒈지세요. 나 여기 있어 관심 받고 싶다고 쌩쇼하지 말고."

순희는 비틀거렸지만 끝까지 걸었다. 어차피 그래 봤자 순희가 갈 곳은 비좁은 복도와 타 버린 집 501호뿐.

엄마는 우리의 목소리가 커지자 빡세와 얘기하다 말고 밖으로 뛰쳐나왔다. 엄마와 마주친 순희가 울먹거렸다. 엄마는 나가려는 순희를 잡았다.

"이 시간에 어디 가려고……."

엄마의 말에는 걱정이 묻어 있지만 순희는 개의치 않았다. 고개를 꾸벅 숙이고 말없이 밖으로 향했다. 복도 계단에 주저앉은 순희의 울음이 내 방 창문을 타고 고스란히 전해졌다.

"아무리 그래도 아픈 애를……."

엄마는 나를 타박했다. 고깟 계집애, 죽든 말든 나랑은 상관도 없는 일. 괜한 오지랖에 나섰다 욕만 들입다 먹고, 침대마저 뺏길 뻔했는데 차라리 잘된 것이다. 순희의 온기가 빠지지 않은 침대에 누우며 나는 여전히 순희를 곱씹고 있었다.

"들어와."

얼마간의 시간이 흐른 뒤, 순희를 붙잡은 건 엄마였다. 여전히 복도 계단엔 굳어 버린 순희가 앉아 있었다.

"문 열어 놓을게 들어와. 울어도 들어와서 울어. 그리고 앞으론 장난이라도 그런 말 하지 마. 부모보다 먼저 죽는 거 그건 최대의 불효니까."

엄마의 목소리는 침착했지만 지금까지 보아 온 어떤 표정보
다 무서웠다.

진술서

작성자 : 지순희

집에 불이 났습니다. 촛불 더미에서 잤으니 당연한 결과였습니다. 사람들은 내가 불을 질렀다며 손가락질했습니다. 난 나가지 않을 작정이었습니다. 이 지루한 싸움을 끝내게 돼 좋다고도 생각했습니다.

연기가 파고들어 목이 매캐했습니다. 시야는 탁해져 얌마마저 흐릿해 보였습니다. 그때 누군가 나를 안았습니다. 바로 옆집 아이 무민이었습니다. 무민이는 버티는 날 억지로 구해 내고, 빡세는 무민이의 집에 억지로 날 머물게 하였습니다. 싫다고 버텼지만 나는 마땅히 갈 곳이 없습니다. 빡세는 병원과 이곳 중 하나를 택하라고 했고, 나는 결국 무민이네 집을 택했습니다.

남자 방은 처음이었습니다. 더러웠습니다. 우리 집도 더러운데 무민이의 방은 우리 집보다 더 더러웠습니다. 무민이의 엄마는 무민이의 방 청소를 포기했고, 무민이는 대부분의 사내애들은 이렇게 산다고 말했습니다.

신기했습니다. 나는 늘 혼자 지내는 외톨이었는데 그 녀석과 같이 산 이후로 더 이상 혼자가 아니었습니다. 같은 공간에서 잠을 자고, 밥을 먹고, 눈을 떴습니다.

초인종이 울렸습니다. 반가운 마음에 벌떡 일어나 현관으로 달려 나갔습니다. 이곳에서 지낸 지 며칠이나 지났다고 나는 벌써 사람이 그리워 죽겠습니다.

있는 힘껏 문을 활짝 열었습니다.

"열쇠 없어? 벨은 왜 눌러?"

내 목소리는 한껏 들떴습니다. 그런데 문 앞에 서 있는 사람은 내가 기다린 무민이가 아니었습니다. 눈물범벅인 한 사람이었습니다. 나는 차마 그 이름을 부르지 못했습니다. 그 사람은 환자복을 입고 헐레벌떡 뛰어온 우리 엄마였습니다.

관찰 21일째

알람 소린 울리지 않았다. 내 눈은 해가 뜨기도 전에 번쩍 뜨였다. 이것은 평소와 다른 공기다. 우리 집이 우리 집 같지 않게 느껴지는 아침이었다.

엊저녁 엄마는 빡세와 열띤 토론을 마친 끝에 순희를 우리 집에 머물게 하는 데 합의했다. 빡세의 열정은 옆집 아이를 타도하겠다는 엄마의 의지마저 불식시켰다. 나는 반대했지만 아랑곳없이 맞잡은 그들의 손아귀는 남과 북의 비밀 협정처럼 웅장하고 위대해 보였다. 대신, 이 모든 건 기밀이었다. 이 사실이 알려진다면 엄마는 반역자로 내몰릴 것이다.

한편으론 다행이지만 한편으론 뒤숭숭했다. 녀석이 머문 이후로 귀찮은 일들이 많이 생겼다. 팬티만 입고 돌아다니는 나에게 발목이 껑충한 중학교 때 체육복을 입힌 건 엄마다. 샤워한 뒤에는 항시 안에서 속옷을 챙겨 입어야 하는 불편도 감수하고 지냈다. 순희가 기거하는 내 방은(그렇다. 그곳은 내 방이었다) 노크를 한 다음에 상대방의 허락이 떨어져야 들어갈 수 있었고, 단둘이 방 안에 있게 될 시는 항시 방문을 열어놓아야 했다.

거듭 말하지만 나는 순희에게 어떠한 이성적 떨림도 없다는 걸 강조하는 바이다. 그렇게 말했건만 엄마는 내가 청소년이란 사실을 피력했다. 이 시기엔 충동이 강하고 제어가 안 되는 시기라고 여겼다. 자신의 구속과 억압을 합리화시키기 위한 이유 같지 않은 이유였다. 엄마가 없을 때라고 편한 건 아니다. 엄마는 한 시간에 한 번씩 나에게 확인 전화를 했고, 나는 순희의 상황을 내밀하게 보고해야만 했다.

이른 아침부터 엄마는 자신의 알리바이를 증명하기 위해 관리 사무소로 향했다. 그곳에서 순희를 내쫓기 위해 핏대를 올리며 이중 스파이 노릇을 자처할 것이다. 밀고자가 돼 엄마의 스파이 노릇을 누설하려 했지만 애석하게도 난 엄마와 핏줄이란 것으로 묶인 몸이다. 한숨을 숨기고, 답답함을 삼키고, 나는 주방에 위풍당당 자태도 아름답게 자상함이란 옷을 입고 섰다.

집 안으로 들어오는 환한 빛에 순희가 걸음을 멈칫거렸다.

"일어났어? 너도 양심이 있으면 빨딱빨딱 일어나 도와야 하는 거 아니냐? 설마 여기서 공짜로 먹고 지낼 생각은 아니지?"

녀석은 분명히 내 뒤태를 인식했을 것이다. 이른 아침에 요리를 하는 사내의 뒷모습이란, 이 얼마나 아름답고 괜찮은 아이처럼 비칠 것인가. 어색함을 최소화하기 위해 나는 이 집을 최대한 녀석의 집처럼 느끼게 할 생각이었다.

"그렇다고 첫날부터 막 굴리겠다는 건 아니고, 밥 먹자. 첫날은 내가 특별히."

순희가 주변을 두리번거렸다. 아무래도 그놈의 개새끼를 찾는 눈치다.

"아, 그 똥개 새끼? 하도 낑낑대서 베란다에 가둬 놨지."

칭찬은 바라지도 않았다. 내 말이 끝나기도 전에 노려보는 녀석의 눈꼬리를 나는 개의치 않았다. 아무리 생각해도 순희는 그놈의 개새끼한테 너무 집착한다.

입술을 삐죽이며 계란 하나를 톡 하니 쳤다. 지글거리며 맛있는 소리가 튄다. 이만하면 아침 식사 한 끼로는 안성맞춤일 거다.

잘 차려지진 않았지만 아기자기한 식탁 위였다. 계란은 다 찢어져 프라이인지 스크램블인지 알 수 없지만 의외로 호박전은 그럴싸했다. 엄마가 챙겨 준 밑반찬을 대충 올리고, 나와 순희가 소꿉장난하듯 서로를 마주 보고 앉았다. 물론, 그 속엔 얌마도 포함이었다. 내가 이 나이에 개랑 겸상까지 해야 하는 건지……. 얌마를 흘기며 우적우적 먹는데 얌마와 순희가 도통 먹질 않는다.

"왜 안 먹어?"

입안 가득 밥을 욱여넣고 순희에게 물었다. 순희는 괜스레 냉장고 문을 열었다 닫았다.

"우유 없어?"

"우유? 그런 거 없는데. 나 우유 먹으면 설사한다고 얘기 안

141

했나?"

녀석이 일어나 내 방으로 향했다. 얌마도 녀석을 따라 내 방으로 들어가 버렸다.

"안 먹으면 지들만 손해지."

모처럼 솜씨를 뽐낸 성의가 아쉽긴 했지만 나는 내가 차린 밥상에서 밥 세 그릇을 꾸역꾸역 전부 다 먹어 치웠다.

그 시각, 녀석은 내 방구석에 숨어 어디론가 은밀히 전화를 걸었다.

"거기 우유 배달하는 곳이죠?"

문에 귀를 바짝 붙인 나는 이 모든 걸 엿듣고 있었다. 녀석이 나 몰래 우유를 배달시키고 있는 현장을. 하지만 세상사라는 게 그렇게 호락호락하진 않을 것이다. 그렇다. 사실, 우유는 내가 숨겼다. 완전 범죄란 이런 걸 두고 하는 말이다. 사람이 사람 밥을 먹어야지, 개처럼 개밥만을 추구하다니. 엊저녁 잠든 순희를 보며 나는 결심했다. 피죽 한 그릇 못 얻어먹은 듯 피골상련한 순희에게 오늘부터 밥이란 걸 억지로 먹여 볼 참으로. 첫 번째 내가 할 일은 아침에 배달되는 우유를 모조리 숨기는 것이다. 책가방 안 불룩 담긴 우유를 짊어지고, 오늘도 수고하시는 경비 아저씨에게 향했다. 가정 교육 올곧게 받은 정직한 학생처럼 나는 아저씨를 보며 깍듯한 인사를 건넸다.

허허거리는 아저씨의 흐뭇한 미소 앞으로 순희의 우유를 넌지시 올리면 끝이다.

"오늘도 저희 동네를 위해서 참 수고가 많으시네요. 우유 드시고 힘내세요! 파이팅!"

관찰 22일째

순희가 내 티셔츠를 입고 화장실로 향했다. 머지않아 샤워기로 물줄기 솟구치는 소리가 들렸다. 갑자기 기분이 이상해짐을 느꼈다. 녀석이 샤워를 마치고 촉촉한 머릿결로 나왔다. 볼은 발갛게 물들어 있었다. 냉장고를 열더니 내 밥그릇에 우유와 밥을 말았다. 녀석이 입에 욱여넣는 숟가락을 보며 내 목구멍이 순간 움찔거렸다. 이게 끝이 아니다. 녀석이 내 방에서 찾아낸 거라며 양말과 속옷을 한 아름 들고 왔다. 창피함에 얼굴이 달아올랐고, 그 덕에 고추마저 부풀었다.

아무리 생각해도 이건 아닌 거 같았다. 우리 집이 하숙집도 아니고 남녀칠세부동석 아니었던가. 남녀 십팔 세면 합방이라도 해야 한다는 음흉한 생각이 내 머릿속에서 떠나지 않았다. 녀석이 우리 집에 기거한 뒤 빡세는 우리 집을 제집처럼 드나들었다. 순희는 내 물건을 자신의 물건처럼 사용하는 우를 범했다. 인정하고 싶지 않지만 나는 엄마 말대로 불안정한 청소

143

년이었다. 뭔가 확고한 결단을 내려야 했다.

빡세와 일대일 담판을 지으려 교무실로 향했다. 일단, 순희
를 어디에 옮겨야 좋을지부터 차근차근 고민했다. 서연이네
집도 괜찮고 여차하면 화해를 빌미로 혜령이와 같이 사는 것
도 나쁘진 않을 것 같았다. 혜령이도 내게 잘못한 일들이 있으
니 내 청을 쉽게 거절하진 못할 것이다. 그리고 이건 차마 고
백하고 싶지 않지만 엊저녁 순희 꿈을 꾸며 몽정을 했다는 거
다. 내 자신이 수치스러워 견딜 수 없었다. 또래의 여자와 지
내는 것만으로 이럴 수 있다니. 앞으로 내 의지와는 상관없이
녀석의 자는 모습을 훔쳐보거나 염탐하고 있는 새로운 내가
나올지 모른다. 엄마 외에 여자는 돌같이 보기를 선언했건만,
괴이한 기분이 들었다.

"박 선생! 도대체 정신이 있는 거예요? 없는 거예요?"

대차게 교무실로 들어서는데 장신구를 과하게 한 아줌마가
내 앞을 막았다. 그 앞에는 빡세가 머리를 조아린 채 있었고,
늙은 교감은 양 사이에서 어찌할 바를 몰랐다.

"학생 말고 선생이 잘리고 싶으세요?"

절절매는 모양새를 보아하니 내가 그간 해 왔던 익숙한 행동
이었다. 걸음을 멈추고 재빨리 벽 뒤로 숨었다.

"애 한 명 자르는 게 뭐 그렇게 어려운 일이냐고요. 그 애 때

문에 우리 애 복학 못 하면 박 선생이 책임질 거예요?"

빡세는 묵묵부답 말이 없었다. 산처럼 커 보이던 빡세도 그 아줌마 앞에선 툭 건들면 으스러져 버릴 모래성 같았다. 한편으론 통쾌했지만 한편으론 불쌍했다.

"이사장님, 아직 기한 남았잖아요. 무턱대고 애들부터 쳐내면 학교에 남아 있는 애들이 몇이나 되겠어요? 그냥 애들 가르치고 때 되면 대학 보내는 게 진정 학교가 해야 할 일입니까?"

교칙, 원리 원칙, 감정적 호소, 일말의 인간애, 교육청 지시 따위를 운운하며 항변해 봤지만 오히려 아줌마는 자신의 말을 막았다며 성난 들소처럼 길길이 뛰었다. 빡세와는 말이 안 통한다고 느꼈는지 아줌마의 표적은 이번엔 교감으로 바뀌었다.

"교감 선생님이 그렇게 무르니까 박 선생도 저렇게 버티고 있는 거 아닙니까? 이번 일, 교감 선생님이 책임지시고 조치하세요."

대답은 필요 없었다. 자신의 말은 무조건 법이다. 거역하면 다들 모가지이니 그런 줄 알아라. 아줌마는 뒤뚱뒤뚱 걸으며 교무실을 빠져나갔다. 나는 그제야 슬그머니 벽 뒤에서 나왔다. 내 곁을 스쳐 가는 아줌마의 밍크 털 위로 독한 장미향이 뿜어져 나왔다.

저 아줌마가 양껌이 그렇게 믿고 있던 양껌의 모친인 것인가.

말라비틀어진 장미의 잎처럼 아줌마의 뒷모습은 고약하기

그지없었다. 이깟 학교 이사장이 뭐 그렇게 대단하다고 저렇게 절절매는 것인지. 겉으론 코웃음 쳤지만 속이 질척거렸다. 우리 사이에 권력이란 건 쌈질이나 성적 정도인데 어른의 권력은 내가 아는 것보다 막강한 힘을 가지고 있는 것 같다. 그 힘은 습자지에 스민 먹물처럼 은밀하지만 깊숙이 학교 안에 퍼져 있었다.

한바탕 폭풍우가 휘몰고 간 교무실은 숨이 막힐 정도로 참담했다. 교감 쌤은 빡세에게 교장실로 오라는 말을 남기고 아줌마를 따라나섰다. 기다렸다는 듯 빡세의 주변으로 다른 쌤들이 모였다. 몇몇은 어깨를 두드리고, 몇몇은 불같이 화냈다. 빡세는 아무런 말이 없었다. 한참 뒤 내가 빡세의 곁으로 다가갔을 때, "무민아, 조금만 더 참자. 고지가 보이잖아. 그치?"라고 했지만 쓸쓸한 그 말투는 꼭 빡세가 자기 자신을 위로하는 말처럼 들렸다.

나는 빡세를 보며 고개를 끄덕거렸다. 차마 생각했던 그 말을 할 수 없었지만 어찌 됐든 한 가지는 확실해졌다. 이번 일이 빡세를 위한 일이건 나를 위한 일이건 순희를 위한 일이건 간에 이제는 아무런 상관이 없게 돼 버렸다는 거. 그냥 이 모든 일이 우리가 살 수 있는 유일한 방법이라는 거. 자꾸만 내 안에 정의로운 학생이 되려는 욕망이 꿈틀대고 있었다.

"선생님, 걱정 마세요. 어떻게든 제가 기한 내에 순희 꼭 등교시킬게요."

빡세의 어깨 위로 허옇게 내린 비듬을 털어 내며 나는 그렇게 말했다.

관찰 23일째

내가 학교에 간 사이, 심심해진 순희는 본격적인 내 방 정리를 시작하였다. 밥값이라도 하라는 나의 말을 받들어 우윳값이라도 벌려고 용을 쓰는 중인가 보다. 하나도 고맙지 않았다. 울 엄마도 두 손 들어 버린 사내애의 방 청소를 그 녀석이 무슨 재주로 하겠다는 건지.

녀석은 나의 큰 보드용 고글을 뒤집어썼다. 화장실 청소용으로 쓰는 낡은 고무장갑도 손에다 꼈다. 뒤져도, 뒤져도 끝이 없는 내 빨래 더미를 모조리 찾아냈고, 그것을 손수 하나씩 빨았다. 마른 옷은 차곡차곡 개어 옷장 안에 색깔별로 정리했고, 그래도 시간이 남는지 컴퓨터 책상을 덮어 버린 먼지를 청소하였다. 마른 걸레로 모니터를 닦아 내는데 작은 뉴스 기사 하나가 반짝거렸다.

어른을 능가하는 청소년의 악행들, 과연 언제까지 용서만이 능사인가

많고 많은 기사들 중 왜 하필 그게 순희의 눈에 뜨였을까.

녀석은 조심스럽게 기사를 클릭했다. 아니라고 믿고 싶지만 여전히 학교 폭력은 우리 사회에 만연해 있다. 홀로 가는 작고 연약한 아이들의 밤길을 위협하는 것도 여전히 또래 아이들이었다. 날이 갈수록 범죄는 대담하고 치밀해져 어른들의 범죄와 맞먹게 되었다. 거북하게 기사를 클릭하는 순희의 손끝이 떨렸다. 순희는 자신도 모르게 맨입술을 뜯었다. 어느새 순희의 입술 사이로 빨간 핏빛이 배어 나왔다.

"죽지 마. 죽으면 네가 지는 거잖아."

나는 몇 번이고 순희에게 당부했다. 부디 살고 싶다는 간절한 마음이 순희에게도 조금은 생겼으면 좋겠다. 순희가 크게 호흡을 쉬었다. 기사를 외면하고 컴퓨터를 끄려는데 폴더 하나가 유달리 반짝거렸다.

'중요 자료 – 절대 삭제 금지!'

순희는 뭔가에 홀린 듯 그것을 조심스럽게 클릭했다. 클릭과 동시에 각종 야한 동영상과 흉내 내지 못할 포즈의 사진들이 너저분하게 쏟아져 내렸다. 순희의 이맛살이 구겨졌다.

그러게 남의 컴퓨터는 함부로 보는 게 아닌데.

순희가 각자의 취미 생활을 존중하는 열린 마음의 소유자였음 좋겠다고 나는 생각했다.

관찰 24일째

바리게이트를 넘어 501호 순희의 집 안으로 향했다. 으레 행하는 사건 조사를 위해 녀석의 집은 며칠간 방치 상태에 놓여있었다. 군데군데 타 버린 실내가 그날의 처참함을 떠올렸다.

"개자식 같으니라고."

주먹을 움켜쥐며 나도 모르게 삐딱한 말이 흘러나왔다. 단순한 장난이라 치기에 순희의 집은 너무나 처참했다.

"나도 양껌 집에 불이나 확 싸질러?"

주변을 둘러보니 가관이었다. 침대와 베개는 까맣게 그을렸고, 각종 집기들은 엉망으로 늘어졌다. 나는 방향을 틀어 순희의 방으로 향했다. 사실, 이렇게 501호를 세밀하게 본 적은 처음이었다. 늘 급박하게 쫓겨 순희의 시선을 따르기 일쑤였는데 처음으로 순희가 아닌 순희의 방을 면밀히 볼 수 있었다.

차가운 문고리를 돌려 방문을 열었다. 방 안에선 싸한 냉기가 흘렀다. 녀석의 방이 확실했지만 사용된 흔적은 전무해 보였다. 방문을 닫아 놓아 그런 건지 녀석의 방에 탄 부분은 많지 않았다. 거기엔 순희의 낡은 책가방이 걸려 있고, 책꽂이에는 풀다 만 문제집이 꽂혀 있었다. 빼곡하게 채워진 교과서도 보였고, 각종 소설책도 바닥을 뒹굴었다. 무엇보다 눈에 뜨인 건 곱게 다려진 교복이었다. 학교에 대한 미련인지 집착인지 모를 빳빳한 교복 위로 지순희란 이름의 명찰이 분노를 뿜어내는 것 같았다.

책상 의자에 앉았다. 뽀얀 먼지가 앉은 책상은 아무래도 오랫동안 사용되지 않은 듯했다. 서랍을 뒤지던 나는 책상 구석에서 얼핏 작은 액자를 보았다. 액자는 책 뒤에 숨겨 놓은 것처럼 교묘하게 가려져 있었는데 뭔가 예감이 좋지 않았다. 나는 그것을 꺼냈다. 거기에는 환하게 웃고 있는 순희와 서연이, 그리고 양껌의 얼굴이 곱게 포개져 있었다.

"이것들이 지금 나랑 장난하나?"

불길한 예감이 들었다. 삼각관계의 유치한 결말이 자신을 용서하지 못하는 지경에까지 이르게 된 것은 아닌지. 꼬부기의 말마따나 그들의 격정적 사랑의 결말이 모두를 뿔뿔이 흩어지게 만든 것일 수도 있다. 사진을 집어 든 나는 생경한 풍경에 몇 번이고 두 눈을 비비적거렸다.

나의 괴로운 고민을 듣던 벗이자 불알친구 꼬부기가 학생부 기록을 털면 어떻겠냐고 제의했다. 미심쩍었지만 꼬부기의 말을 따르기로 했다. 빡세가 수업에 들어간 사이, 나는 교무실 밖에서 망을 보았다. 꼬부기는 학생부 기록을 빠르게 뒤졌다. 컴퓨터에 저장된 학생부 기록을 털자 양껌의 생활기록부 목록이 쏟아졌다.

"우아, 이 새끼. 공부 열라 잘해."

침 튀기는 칭찬 세례들과 한 자릿수의 석차, 우수로 도배된 성적에 깔끔한 미사여구까지. 그런데 모범생이라고 치기엔 녀석의 결석 일수가 과하다. 순희가 결석한 일수와 양껌의 결석 일수 날짜도 엇비슷했다. 사랑의 도피 행각이라도 벌인 것일까? 녀석과 순희가 동시에 결석을 했고, 동시에 학교를 떠났다. 그들의 수상쩍은 행적을 따라가며 나의 불안은 더욱 가중되었다.

그렇다면 열쇠는 단 하나, 나는 빠르게 서연이의 반으로 향했다.

"김서연!"

다음 시간이 체육 시간인지 서연이는 체육복을 입고 있었다. 나는 친밀하게 녀석의 이름을 불렀다. 서연이는 나를 보자 눈을 내리깔았다. 나는 급하게 준비한 딸기 우유를 건넸다.

"마셔. 매점 갔다 네 생각이 나서 하나 샀어."

"뭘 또 이런 걸."

서연이가 비죽 웃더니 우유를 집어 마셨다. 우유를 삼키는 목울대가 꿀렁거렸다.

"너 근데 왜 나한테 거짓말했어?"

행여 딴소리할까 싶어 그들의 단란한 사진을 건넸다. 집어드는 서연이의 얼굴이 단번에 사색이 되었다. 나의 눈이 직감적

151

인 불안을 인식하고 반짝거렸다.

"너희들 서로 모른다며? 대체 무슨 관계야?"

나의 눈이 범인을 직감한 매서운 형사의 눈빛으로 돌변했다. 서연이의 눈이 공포로 감겼다. 딸기 우유를 내 얼굴에 뿜지 않은 건 다행이지만 뭔가 촉이 좋지 않았다.

"일부러 숨긴 거지?"

이들은 1학년 때 같은 반이었다. 크리스마스이브 그날의 진실. 우리가 모르는 그날의 진실을 서연이는 분명히 알고 있을 것이다. 궁금했다. 순희와 양껌과 서연이가 정확히 어떤 관계였는지. 얼마나 심각한 치정 관계였는지 모르지만 한 명은 학교를 그만두고 한 명은 사라지고 한 명은 입을 다물고 있다. 이 모든 진실을 알고 있는 서연이는 비밀을 누설하지 않으려고 한다. 내가 모르던 작년의 순희는 어떤 학생이었고, 이들이 뿔뿔이 흩어진 이유가 정확히 무엇 때문인지, 나는 무조건 알아야 했다.

"우리 뒷조사할 시간에 네 여친 안부나 살펴."

애써 자리를 피하려던 서연이가 속삭이듯 말했다.

"그게 무슨 말이야?"

"양껌의 다음 타깃이 바로 네 여친 장혜령이야."

한참을 노려보던 서연이가 내 팔을 뿌리치며 그렇게 말했다.

관찰 25일째

골이 아프다. 머리가 욱신거린다. 암만 생각해도 머리가 복잡해 금방이라도 두개골이 뻥 하고 터질 것 같다. 여자들의 심리를 이해할 수 없었다. 501호 쫓아내기 선언을 할 때는 언제고, 이제는 순희 먹인다고 우유 심부름까지 시키는 엄마의 비정상적인 행태를. 엄마는 순희를 자신의 딸처럼 어여삐 여기고, 나를 아빠가 밖에서 낳아 온 배다른 자식처럼 여겼다. 집에 도착하니 엄마는 외출했고, 순희는 말 잘 듣는 강아지처럼 혼자 집을 지키고 있었다. 나는 컴퓨터 앞에 앉은 녀석의 뒤로 살그머니 향했다.

"뭐 하냐!"

화들짝 놀래자 순희가 모니터를 허겁지겁 가렸다.

"나 몰래 야동이라도 봤냐?"

"네가 생각하는 수준이 딱 거기지."

순희가 모니터 창을 닫고 눈을 흘겼다. 난 우유를 바닥에 팽개치고 녀석을 따라 소파에 앉았다. 텔레비전에선 아이돌의 육상 대회가 한창이었다. 나보단 못하지만 양껌보단 제법 멋진 녀석들이었다. 꺅꺅 지르는 소녀들의 비명에 순희도 동참시키기 위해 TV 볼륨을 최대한 높였다. 순희는 요즘 여자애들이 열광하는 아이돌을 봐도 별 반응이 없었다. 텔레비전 쪽으로 시선을 돌리거나 동요하지도 않았다. 난 순희의 눈치를 힐 끔힐끔 살폈다.

"나도 남자지만 저런 남자 보면 뻑이 가지. 암, 가고말고. 너도 위너스 좋아하지?"

"귀엽네."

전혀 귀여워하지 않는 말투다. 역시나 이 방법은 정신세계가 독특한 녀석에겐 먹히지 않았다. 아이돌은 일단 젖혀 두고 내 방으로 들어가 한 아름의 책을 들고 나왔다. 역시나 녀석은 그 사이를 참지 못하고 또다시 컴퓨터 앞에 앉았다.

"넌 어떻게 하루 종일 컴퓨터냐? 지겹지도 않아?"

귀찮은 표정을 내비치며 순희가 얌마와 함께 마지못해 바닥에 앉았다. 나는 거의 새것 같은 문제집을 테이블 위로 올렸다.

"학생은 말이지. 기본적으로 공부를 해야 된다고 생각해. 너도 그 말에 동의하지?"

"뭐, 부분적으론."

"네가 학교를 안 다녀서 감을 잃었나 본데, 공부도 다 때가 있는 법이야. 어른들 말씀 틀린 거 하나 없다니까."

"그래서?"

"네가 믿을지 모르겠지만 내가 이렇게 허술해 보여도 실은 공부를 좀 해. 가르쳐 줄 테니까 이 오빠한테 잘 배워 봐."

순희는 별다른 반응이 없었다. 가져온 책들은 앞부분 세 장

154

의 낙서를 제외하곤 대부분 멀끔한 새 책이었다.

"졸업장은 그렇다 치고 검정고시라도 치려면 공부를 해야지. 자자, 파이팅하고."

의외로 순희는 얌전히 앉아 문제를 풀었다. 모범생의 반열에 있었단 소문이 거짓이 아니었는지 문제를 푸는 데 막힘이 없었다. 그에 반해 나는 녀석과 다른 종자다. 집중하는 녀석의 정수리를 보고 있자니 자꾸만 눈이 감겼다. 녀석의 정수리 부분은 전부 종이처럼 보였고 녀석의 새까만 머리카락은 전부 글씨처럼 보였다. 눈꺼풀이 점점 무거워졌다. 십여 분이 지날 즈음 나는 참지 못하고 지루함에 온몸을 배배 꼬았다.

"다 풀었는데?"

봐도 알 리 없는 수학 문제집을 순희가 내게 불쑥 들이밀었다. 정답과 확인하니 얼추 비슷하게 맞춘 거 같았다. 나는 녀석의 머리를 마구 털었다.

"그래. 이런 식으로 풀면 되는 거야. 잘하네."

"원래 못하는 편은 아니었어."

"그래? 그럼 나머지 문제도 좀 풀어 볼래? 난 그동안 눈 좀 붙이고 있을게."

오랜만에 학교 숙제도 할 겸 겸사겸사 범위까지 정해 주었다.

"난 어제 시험공부 하느라 잠을 못 자서 말이야."

거짓이 아니다. 장시간의 감시로 인해 체력이 많이 바닥난 상태다. 이런 몸 상태로 숙제까지 하는 건 무리가 아니겠는가. 내일 학교에 가면 빡세에게 보약이라도 한 첩 지어 달라고 조를 참이다.

나는 바닥에 드러누웠다. 눈가가 시큰거렸다. 그런 나를 한참 동안 지켜본 순희가 조용히 책을 덮었다.

"들었냐?"

여전히 눈은 감은 채 나는 순희에게 물었다.

"뭘?"

순희의 시선이 나를 향하는 걸 느낄 수 있었다.

"내 전 여친이랑 네 전 남친이랑 썸탄다는 소문."

옆집 똥개 안부 묻듯 아무렇지도 않게 순희에게 그 소식을 전했다. 녀석의 반응이 없었다. 하도 조용해 슬그머니 눈을 떠보니 바닥으로 떨어지는 눈물이 보였다.

"너 우냐?"

기가 차 되물었다 .

"그런 거 아니거든."

순희는 재빨리 눈가를 닦았다.

"피곤하다. 피곤해."

나는 또다시 눈을 감았다. 여자들은 분명히 알아야 한다. 눈물이 만능이 아니란 사실을. 여자의 눈물에 남자가 약해진다는 사실은 다 옛말이고 지루한 거짓말이다. 뻑하면 울고 뻑하

면 토라지고 눈물이 무슨 대단한 무기라도 되는 듯이 의기양
양하고. 나도 울고 싶을 때가 있지만 결국은 참는다. 난 강한
남자기 때문에.

"왜? 질투 나?"

기분이 별로다. 그런 양아치 녀석 때문에 순희가 우는 게 싫
었다.

"아니."

"그럼 왜 우는데?"

"네 여친이 불쌍해서."

관찰 26일째

혜령이에게 전화를 걸었다. 그딴 자식 만나지 말라고 고래고
래 소리를 질렀다. 양껌 자식을 못 잊겠다면 그 자식이 잊힐 때
까지 대신 남친이 되어 주겠다고 말했다. 다시 돌아오면 자상한
남자가 될 것이고, 바이크는 못 사도 커플 자전거는 어떻게든
마련해 보겠다고 설득도 했다. 예행연습은 딱 거기까지였다. 그
러나 결국 나는 혜령이에게 전화를 걸지 못했다. 남들은 미련이
라 빈정거리겠지만 이건 애정이 아닌 엄연한 우정이었다.

꼬부기의 말이 맞았다. 이러한 행동은 괜한 오해를 부를 것
이다. 꼬부기의 말마따나 남녀의 연애 문제에 나서는 게 아니

다. 난 정말 순수한 마음으로 혜령이가 걱정돼서 그런 건데 여자들은 또다시 상상의 나래를 펼 거다.

"양껌 그 자식이 그렇게 멋지냐?"

암만 생각해도 여자들이 이해되지 않았다. 그런 양아치 녀석이 뭐가 좋다고 그렇게 난리들인 건지. 녀석이 진짜 그렇게 멋있나 냉철하게 생각해 보았다. 녀석이 진짜 그렇게 치명적 매력을 갖고 있는 건가 몇 번이고 의심해 보았다. 암만 봐도 내가 낫다는 사실을 부정할 순 없었다. 사람 보는 눈이 정확한 꼬부기에게 진심 어린 조언을 구했다.

"당연히 네가 훨씬 낫지."

역시 팔은 안으로 굽는 법, 우린 끈끈한 친구였던 것이다.

"단, 얼굴에 여드름 몇 개는 빼고."

진정 여자들은 참된 남자를 볼 줄 모른다. 그러니까 그렇게 나쁜 자식한테 엄청 열광하는 거겠지. 보나 마나 그 자식은 이번 밸런타인데이 때도 초콜릿을 엄청나게 받았을 것이다. 멍청한 것. 그게 상술인 줄도 모르고.

"질투는 어리석은 사내나 하는 법이야."

비비크림을 집어 덕지덕지 얼굴에 펴 바르며 한없이 서글퍼졌다. 인정하고 싶지 않지만 이건 분명 질투였으니까. 나란 인간은 왜 양껌처럼 살지 못했나 슬펐다.

거실로 나와 보니 순희는 소파에 누운 채 잠들어 있었다. 나는 최대한 미끄러지듯 주방으로 걸었다. 찬장에 있는 인삼주 한 병이 유혹하듯 반짝거렸다.

"야!"

미끄러지듯 기어가는데 순희가 내게 버럭 소리를 질렀다. 화들짝 놀라 100년 묵은 인삼주를 내 손에서 떨어뜨릴 뻔했다.

"너 손에 든 거 뭐야?"

목소리 큰 건 그렇다 치고 눈까지 밝을 줄 몰랐다. 나는 황급히 인삼주를 등 뒤로 숨겼다. 나를 살펴보는 녀석의 눈썰미가 매섭다. 나는 결국 자수를 선택할 수밖에 없었다.

"잠이 잘 안 와서 그래. 잠 안 올 땐 이게 직빵이거든. 너도 한잔할래?"

가득 찬 인삼주를 튕기며 나는 순희의 침샘을 자극시켰다. 녀석은 근엄하게 고개를 끄덕거렸다. 괜히 졸아든 내가 민망할 정도로 녀석은 당당히 주방으로 걸어가 머그잔 두 개를 챙겼다.

"안주는 뭐?"

당당한 발걸음과 다르게 순희의 목소리는 한껏 작아져 있었다. 역시 말보다 행동이 앞서는 귀여운 녀석. 이 정도의 비행은 애교 축에도 못 낀다는 걸 연신 설명하고 나서야 순희는 납득했다.

녀석의 컵에 가득히 술을 채웠다. 녀석이 인삼주 한 모금을 마신 뒤 온 얼굴을 있는 대로 구겼다. 콧잔등에 퍼지는 주름의 형태가 내가 처음 연정을 품었던 앞집 누나와 닮았다. 오징어를 얼른 집어 순희에게 물렸다.

"많이 써?"

"이상해. 어른들은 이렇게 쓴 게 뭐가 좋다고 그렇게 마셔 대는 건지."

순희가 오징어의 몸통을 혓바닥에 비볐다.

"그건 네가 아직 인생의 쓴맛을 제대로 못 봐서 그래."

나는 제법 어른처럼 우쭐거렸다. 녀석이 보란 듯 당당하게 잔을 비우고 경외의 눈길로 지켜보는 순희에게 빈 잔을 흔들었다. 녀석도 지지 않겠다는 듯 나를 따라 단숨에 잔을 비웠다. 나 역시 화끈거리는 속을 부여잡고 또 한 잔 마셨다. 우리는 각자의 잔을 부딪치며 인삼주를 마시고 온 얼굴을 있는 대로 구겼다. 각자의 혓바닥에 오징어를 비벼 대고, 또다시 인삼주를 한 모금을 마셨다. 우리는 정말로 그랬다. 인생의 쓴맛을 찾기라도 하듯이 꾸역꾸역 인삼주를 목구멍 안으로 들이켰다. 그렇게 몇 잔을 연거푸 마시니 심장의 박동이 불규칙해졌다. 인삼주 병의 바닥이 어슴푸레 비칠 때쯤 순희의 기분도 한껏 취했다.

"이제 알겠네. 어른들이 왜 그렇게 술을 마셔 대는지. 무민아, 술 더 없냐? 술 가져와. 술!"

녀석의 목소리가 높았다. 나는 급하게 순희의 입을 막았다. 순희는 흥을 주체하지 못하고, 막힌 손가락 사이로 콧노래를 쏟았다. 나는 마지막 잔을 급하게 털었다.

"야! 조용히 해. 술까지 마신 거 알면 넌 진짜 병원행이야."

먹힐 리 없는 협박이라 생각했는데 녀석이 의외로 순순해졌다.

"맞아. 그 끔찍한 곳을 또 갈 순 없지."

녀석의 눈가가 금세 촉촉해졌다.

"너, 정말 괜찮은 거야?"

내심 순희의 상태가 걱정됐다. 얼마나 심각한 지경에 이르렀기에 병원에 입원할 정도였는지.

"솔직히 말해 봐. 진짜로 그렇게 죽고 싶었던 건 아니지?"

순희의 극단적 선택의 반복은 여러 사람에게 심려를 끼쳤다. 녀석은 하지 말아야 할 행동을 했고, 그렇게 어렵사리 구한 수면제는 그리 큰 효과를 발휘하지 못했다. 순희가 깨어난 곳은 동네의 한 작은 의원. 녀석은 그것을 불행의 시초라 말했다. 녀석은 극심한 우울과 대인 기피에 시달렸고, 그것은 빡세의 염려를 더욱 가중시켰다. 빡세는 그로 인해 참된 스승의 도리를 깨닫게 됐다고 했지만 그의 설득도 순희의 상태를 되돌리진 못했다. 동네 주민들 역시 힘을 모았다. 빡세의 끈질긴 요청에 마음을 돌린 것이었다. 어려운 순희의 형편을 걱정하며 십시일반 돈을 모아 순희의 치료를 지원했다.

"이곳 사람들한테 미안하지도 않아?"

내 얼굴이 조금 울상이 됐다. 열여덟 푸른 나이에 자신의 인생을 놓아 버린 녀석에게 왠지 모를 섭섭한 원망이 들었다. 아니, 순희에 대한 원망이라기보다 양껌에 대한 원망이 컸을 것이다. 그 녀석이 조금만 더 순희를 챙겼다면 결코 이 지경까지 오지 않았을 텐데. 내가 양껌을 대신할 수 없지만 만약 순희가 좋아했던 게 양껌이 아닌 나였더라면, 그랬다면 지금 순희의 모습은 예전과는 많이 달라져 있지 않을까?

"순희야."

나는 순희의 이름을 그윽하게 불렀다.

"뭐냐, 그 오싹한 말투는?"

순희가 나를 경계하며 멀찌감치 멀어졌다.

"나는 말이야. 네가 아는 것보다 굉장히 생각이 깊은 사람이야. 나는 사람의 내면을 보지, 행동만 보고 이렇다 저렇다 판단하는 사람이 아니거든. 네가 아직 세상을 잘 몰라서 제대로 판단이 안 서는 모양인데……."

나는 끝까지 말을 잇지 못했다.

"자냐?"

순희가 내 앞에서 꾸벅꾸벅 졸았다. 간만에 무게 좀 잡고 진지한 말을 하려는데 녀석이 내 맘도 몰라주고 잠들어 버렸다. 순희가 잠꼬대 비슷하게, "알아. 너 좋은 아이인 거."라고 웅얼거리듯 말했다. 지켜보는 내 얼굴에 편안한 미소가 번졌다. 새끼 고양이처럼 갸르릉거리는 순희를 보니 가슴속에서 뭔가가 울컥 올랐다.

"그래. 자라."

순희는 적어도 내 앞에서만은 경계를 풀며 대하고 있다. 쌔근쌔근 코까지 골며 잠든 녀석을 보자 어쩐지 나는 다행스러운 마음이 들었다. 그래도 우리 집에선 조금이나마 잠을 잘 수 있었다. 수면제를 비타민처럼 매일 저녁 챙겨 먹지 않아도 됐다. 순희 대신 내가 불면에 조금 시달리면 어떤가. 난 강한 남자고 순희는 약한 여자인데. 엄마는 강한 사람이 약한 사람을 보호해야 한다고 했다. 순희는 나보다 약하다. 나보다 키도 조그맣고 나보다 맘도 많이 아프다.

순희가 깰까 최대한 조심스럽게 이불을 끌어 덮어 주었다. 누워서도 똑바로 못 자는 그 아이를 보며 나는 최대한 숨을 죽였다.

"순희야, 우리 아직 열여덟밖에 안 됐어. 포기하기엔 너무 이르잖아."

녀석이 우리의 오늘을 기억할지 모르겠지만 꿈속에서나마 내 얘길 듣길 바랐다.

"잘 자. 순희야."

자는 순희의 이마에 몰래 입술을 가져다 댔다. 다행히 순희가 깨진 않았지만 하고 나서도 이게 뭔 짓인가 싶다. 역시 술은 여자를 예뻐 보이게 하는 마법 같은 물이란 게 오늘에야 여실히 증명되었다.

추가.

아빠가 애지중지하던 인삼주를 먹은 게 뽀록났다. 엄마에게 거의 죽기 직전까지 맞았는데, 순희는 그런 날 힐끔 보더니 제 방, 정확히 따지자면 내 방으로 향했다. 바지 벗기고 쫓겨날 뻔했는데 다행히 순희가 있어서 거기까지 가진 않았다. 혼자 다 먹었냐고 묻기에 끝까지 혼자 다 먹었다고 당당하게 말했다. 녀석이 모른 척해도 은근 감동받은 눈치다.

관찰 27일째

엊저녁 과음의 숙취로 인해 한참 야무진 꿈을 꾸고 있는데, 갑자기 지진이 난 것처럼 몸이 흔들거렸다. 벌떡 일어났더니 엄마가 이 아침에 쓰레기를 버리고 오라고 깨우는 것이다. 놀고 있는 순희를 시키라고 했는데 엄마가 빈 인삼주 병을 흔들어 보였다. 마시기는 같이 마셨는데 이제 와 생각하니 갑자기 억울해진다.

눈곱만 간신히 떼고 분리수거장으로 향했다. 대충 아무 곳에

나 쑤셔 박아 놓고 돌아서는데 관리 사무소의 간판이 보였다. 역시나 경비 아저씨는 그곳에 앉아 수다를 떨고 있었다. 샛별 아파트 경비 아저씨가 이곳에서 유일하게 하는 일이라곤 아침부터 저녁까지 아줌마들과 수다를 떠는 일이다. 그냥 지나치기 뭐해 인사를 하는데 기다렸다는 듯 아저씨가 나에게 왔다.

"아이고, 무민이 학생. 고생이 많지?"

인정하고 싶지 않지만 화재 사건 이후 나는 이곳에서 영웅으로 추앙받고 있었다. 물론 애석하게 동정도 동시에 받는다. 아저씨는 친히 자신의 자리를 내어 주고는 박카스를 까 내게 건넸다.

"엄마가 집 판다는 얘기는 없으시고?"

아무래도 사람들이 우리 몰래 내기를 한 것 같았다. 분위기를 보아하니 우리가 집을 판다는 데 올인이다. 우리 집에 순희가 몰래 기거하고 있다는 사실을 알면 사람들은 아마 배신감에 치를 떨 거다. 머쓱함에 괜히 주변을 살피는데 놀이터 입구에 CCTV 한 대가 보였다.

"아저씨! 사랑합니다!"

체면 불고하고 그 자리에서 아저씨를 와락 껴안아 버렸다. 내가 왜 이렇게 좋은 생각을 진즉에 하지 못했던 것인지. CCTV만 확인하면 되는 간단한 일이다. 드디어 양껌 녀석의 행적을 밝힐 기회가 온 거다. 그동안 진실을 알고 있으면서 모른 척하느라 얼마나 괴로운 나날을 보냈던가. 범인만 밝혀진다면, 불을 지른 게 그놈이라는 확실한 증거만 있다면, 그렇게만 된다면 순희가 불을 질렀다는 억울한 누명은 벗겨질 거다.

"아저씨! 저 CCTV 좀 볼게요! 제가 급하게 좀 확인할 게 있는데."

아저씨가 눈을 멀뚱멀뚱 뜨며 바라보기에 난 벌떡 일어나 조금 더 가까이 아저씨 곁으로 향했다.

"그 불났던 날이요! 저희 동 앞에 CCTV 좀 본다고요. 한 번만요. 네?"

내 간절한 목소리에도 불구하고 아저씨는 별 반응이 없었다.

"아저씨, 제발요. 네?"

"저거 그냥 장식용인데."

"뭐라고요?"

"고장 난 지 오래야."

이건 뭔 듣도 보도 못한 잡소리인가. 우리 동 앞에 위용스레 버티고 섰던 카메라가 고장이라니?

"저런 거 다 폼이지 뭐. 근데 봐서 뭐 하게?"

아저씨가 머쓱한 듯 머리를 긁었다.

"요새 CCTV 없는 아파트가 어디 있어요?"

"것도 다 부자 동네 이야기지. 우리 동네 같은 서민 아파트는 그냥 구색 맞추기야."

푸념 섞인 내 말에 경비 아저씨가 말을 맞췄다. 요즘 시대가 어떤 시댄데 동네에 감시 카메라 하나를 설치 안 해 놓고. 이놈의 후진 동네.

"오늘 당장 엄마한테 집 팔라고 말할게요."

이사나 가야지. 빌어먹을!

관찰 28일째

- 학교 -

야자는 아무리 생각해도 인생의 낭비다. 특히나 나 같은 까다로운 청소년에겐 이건 완전 필요 없는 중노동이다. 도대체 이딴 걸 왜 만들어 한창 자라나는 청소년기에 잠마저 못 자게 하는 건지. 오늘의 야자 감독이라는 빡세마저도 저렇게 엑스칼리버를 쥔 채 꾸벅꾸벅 졸고 있지 않은가.

"교실에 계시는 박세만 선생님, 지금 당장 교무실로 와 주시기 바랍니다."

스피커가 한동안 지직거리더니 이윽고 빡세의 이름이 불렸다. 빡세는 자신의 이름이 방송에서 나오자 놀라 잠에서 깼고, 나 역시 자다 들킨 게 걸릴까 황급히 잠에서 깼다. 빡세는 아이들을 보며 몇 번 교탁을 후려치더니 이내 황급히 교실을 빠져나갔다. 나는 빡세가 나간 시점에 맞춰 책가방을 창문 아래로 던졌다.

"또 땡땡이냐?"

꼬부기는 날 보며 한심한 눈빛을 보냈다. 아이들의 근심 어린 염려에도 불구하고 난 대담하게 교실 밖으로 빠져나갔다.

교무실 입구를 지나쳐 갈 때는 나도 모르게 숨을 죽였다. 몸을 잔뜩 도사리고 기어가는데, "저는 반댑니다." 하고 빡세의 날선 목소리가 들렸다. 걸음이 멈춰졌고, 반장 녀석이 교무실 밖으로 나왔다.

"무슨 일이야?"

내밀하게 녀석에게 물었다.

"지순희 자퇴서 받으라고."

놀라 교무실을 바라보니 양껌의 엄마와 빡세가 대치하듯 마주 보고 있었다.

"출석 일수 아직 남았잖아요. 며칠 남았는데 왜 벌써부터 그러시냐고요. 끝까지 기다리고 설득하고 할 수 있는 데까지 최선을 다해 봐야죠. 저도 이건 양보 못 합니다. 원칙대로 가자고요. 원칙대로."

염탐하는 나를 반장이 찔렀다.

"너도 조심해. 요새 학교 분위기 안 좋아. 소문엔 양껌이 복학한단 얘기도 있고."

반장의 염려를 뒤로하고 나는 빡세에게 시선을 돌렸다. 거

무뚝뚝한 얼굴에 탈모의 기미가 보이는 가늘고 힘없는 머리카락, 늘 백묵 가루가 끼어 있는 주름진 손가락은 오로지 학생만을 위해 사는 사람 같았다.

"왜 저렇게 열성적인 거야?"

빈정대는 내 입술로 빡세에 대한 염려가 스쳤다. 의로운 빡세의 모습에 과거 내 징계 건으로 머리를 조아리던 모습이 겹쳤다.

"혹시 황태의 복학 때문에 순희의 자퇴를 종용하시는 겁니까?"

그들 사이에 긍정을 인정하는 침묵이 돌았다.

"아무리 그러셔도 전 순희 자퇴서 안 씁니다. 못 씁니다."

빡세는 그 말을 마치고 당당히 교무실을 나왔다. 빡세의 등 뒤로 후광 같은 게 비쳤다.

"너 뭐야? 또 땡땡이치려고 그러는 거야?"

그러나 목소리에는 힘이 하나도 없었다.

"그럼 순희는 어떻게 되는 거예요?"

빡세는 길게 한숨을 쉬었다.

"3일 내로 등교 못 시키면 교칙상 어쩔 수 없겠지."

빡세의 얼굴 위로 시커먼 그림자가 드리워졌다. 어쩌면 빡세는 홀로 힘겨운 싸움을 하고 있는 건지도 모른다. 빡세의 미간 주름이 비단 순희 때문만은 아니었기에 약간은 이 상황이 겸

연쩍었다.

"쌤은 진짜 제가 순희를 등교시킬 수 있다고 믿으시는 거예요?"

"내가 너를 어떻게 믿어?"

흔히 학생을 위해 헌신한다는 따뜻한 스승과의 대화와는 거리가 멀었다. 그래도 그 속에 온정을 부정할 순 없었다.

"순희는 이겨 낼 수 있을 거야."

늠름하게 고개를 끄덕이는 빡세의 등 뒤로 천사의 날개가 어렴풋 비쳤다. 울컥한 표정을 숨기려 나는 재빨리 뒤돌아섰다.

"쌤. 저 땡땡이치려고 나온 거 아니에요. 오줌 마려워서 화장실 가려고요. 제가 순희를 등교시킨다는 장담은 못하지만 어쨌든 끝까지 노력은 해 볼게요."

급하게 화장실로 향했다.

그나저나 집어 던진 내 책가방은 잔디밭 아래 어딘가에서 잘 살고 있겠지?

- 집 -

그렇다. 이제 겨우 3일 남았다. 도무지 순희를 등교시킬 방법이 없다. 복도에 쭈그리고 앉아 주머니를 뒤적거렸다. 역시나 담배는 잡히지 않았다. 아무리 머리를 잡고 뜯어도 마땅한 방법이 없다. 하루 종일 집 안에만 있겠다는 녀석인데 어떤 달

콤한 말로 유혹해 밖으로 끌어내야 할지. 이런 심도 깊은 내 고민을 아는지 모르는지 녀석은 내 방 침대에 대자로 뻗어 있었다.

"야, 일어나 봐."

설핏 잠이 든 순희가 꿈속 어딘가를 허우적거렸다.

"똑바로 앉아."

잠이 덜 깨 비몽사몽인 녀석을 억지로 앉혀 두고 나는 말도 안 되는 설득을 시작해 보았다.

"앞으로 3일 남았대. 너 진짜 이대로 계속 살 거야?"

녀석은 이게 꿈인지 현실인지조차 헷갈려 했다. 졸린 눈을 비비적거리며 겨우 자리에 앉더니 무슨 소리냐며 물었다.

"그래. 나도 네 맘 모르는 거 아니야. 나도 몇 주 전에 혜령이한테 까여서 네 맘 누구보다 잘 알 수 있어. 같은 실연 동지로서 네 맘 전부는 아니지만 일부는 이해할 수 있다고. 물론 나도 처음에 며칠간은 쪽이 팔렸지. 까였다는 수치심에 창피하기도 했고. 너처럼 사람이 무섭고 학교도 다니기 싫었어. 사람들의 시선? 홀로 남은 외로움? 그건 누구보다 내가 잘 알아. 울 아빠가 부산으로 전근 가고 울 엄만 너도 알다시피 밖으로만 나돌아 다니잖아. 네 맘 나 진짜 다 안다니까. 근데 순희야, 사람은 혼자 살 수 없는 거잖아."

나는 조곤조곤 순희를 설득하였다.

"병원에 누워 계신 엄마를 생각해야지. 너만 바라보고 사시는데 가엽지도 않아? 오죽하면 병원에 입원한 사실조차 숨기셨잖아."

엄마 얘기에 순희가 휘청거렸다.

"아무리 생각해도 나는 이런 네가 이해가 안 돼. 너처럼 똑똑하고 예쁜 애가 왜 그깟 후진 놈 때문에 학교를 포기해. 그 새끼가 네 인생에서 그렇게 중요해?"

백 퍼센트 진심이었다. 어느 순간부터인지 모르겠지만 난 진짜 순희가 잘 살기를 바랐다. 그래서 양껌 같은 녀석은 우습게, 그딴 놈한테 몇 번이고 까여도 아프지 않을 만큼 단단하게, 그렇게 강한 사람으로 성장하길 바랐다. 혜령이한테 차여도 꿈쩍 않는 나처럼 말이다.

"그래서 나는 네가 이렇게 살지 않았으면 좋겠어."

"그 상황에 닥치면 누구나 다 그럴 수밖에 없을걸."

순희의 진중한 말이 내 귓바퀴에 조용히 울렸다.

"그러니까 대체 네가 말하는 그 상황이 도대체 뭐냐고?"

입을 꾹 다물고 있으면 어떻게 알아. 최소한 변하겠다는 의지가 있으면 도움이라도 청해야지. 그 상황! 그 상황! 대체 그 상황이 뭐냐고! 양껌도, 서연이도, 너도 하나같이 약속이나 한 듯 입을 꾹 다물고 있는 그 상황을 내가 어떻게 아냐고!

"됐어. 알았으니까 이제 그만해."

순희는 더 이상 말이 없었다. 큰 눈에 맺힌 물기가 얼마나 힘들어하는지를 보여 줬지만 나는 애써 순희의 눈물을 보지 않았다.

"그래도 이렇게 혼자 지내면 안 되는 거잖아."

어떻게든 녀석을 보호하고 싶었다.

"내가 널 지켜 줄게. 그렇대도 이렇게 힘들까?"

녀석의 눈가에 참지 못한 눈물이 떨어져 내렸다.

"누가 널 한 대 때리면 내가 그 사람을 두 대 때려 줄게. 누가 너한테 손가락질하면 내가 그 사람 손가락을 분질러 버릴게. 사람들이 너를 스치면 내가 그 앞을 막아 방패가 돼 줄게. 그냥 날 좀 믿어 주면 안 되겠냐?"

우리는 서로의 눈을 보았다. 대화는 없었다. 하지만 그 눈동자에는 서로에게 하지 못한 많은 말들이 담겨 있었다.

미안해. 아프지 마. 용서해 줘.

"힘들겠지. 힘들어도 널 도와주는 많은 사람들을 생각해 봐."

순희의 입에는 오랜 침묵이 고였다.

"사람들이 무서운걸."

한참 뒤 순희는 그렇게 말했다. 나는 이해할 수 있다는 듯 조용히 고개를 끄덕거렸다. 순희의 서글픈 눈빛을 보고 있자니 어떻게든 저 아이를 사람답게 만들고 싶었다.

"사람들 보지 말고 나만 보면 되잖아."

내 단호한 음성에 순희의 어깨가 조금씩 들썩거렸다. 나는 순희의 어깨를 도닥거렸다.

  "넌 할 수 있어."

  믿고 싶었다. 순희는 할 수 있다고. 순희를 누르고 있는 묵직한 고통과 나의 가슴속에 오랫동안 숨겨 왔던 죄의식, 그러지 말아야지 하면서도 어느새 나는 순희와 감정적인 교류로 묶여 버렸다. 내 퇴학을 면하기 위해 철저히 순희와 엮인 것인데, 그 순간 내 마음속 모든 게 무너져 내렸다.

  나는 순희를 보며 다시 한 번 설득했다.

  "순희야, 우리 같이 학교에 가자. 응?"

관찰 29일째

  금연은 실패. 결국 담배를 태우고 말았다. 정확히 일주일 만의 흡연에 현기증이 일었다. 머릿속이 복잡해 태우지 않고는 견딜 수 없었다. 놀이터에 쭈그리고 앉아 괴로운 마음을 삭였다.

  "순희 등교시키기 작전은 잘돼 가?"

  언제 왔는지 꼬부기가 내 옆에 앉았다. 비닐봉지에는 맥주가 달랑거렸다.

  "응. 조만간 학교에 다시 나갈 거 같아."

  말은 아무렇지 않게 했지만 마음이 복잡한 실타래처럼 엉켰다. 꼬부기가 듬직한 친구처럼 내 어깨를 툭툭 쳐 댔다.

"축하한다, 인마. 너도 이제 퇴학은 완전히 좋내는구나. 근데 목소리가 왜 그러냐? 꼭 금방이라도 학교 잘리는 놈처럼."

한숨을 숨기고 고개를 저었다. 드디어 저 녀석에게도 말 못할 비밀이 생겼다. 늘 내 모든 걸 공유하는 놈이었는데 순희에 관해서는 제대로 얘기할 수 없었다.

"그렇다면 이 형님이 네 우울한 기분을 단박에 풀어 주겠어."

꼬부기가 의기양양 휴대폰을 꺼내 들었다.

"오늘 우리 반 단톡방에 뭐가 떴는지 알아?"

관심 없이 맥주를 홀짝거리는데 코앞으로 휴대폰이 불쑥 내밀어졌다.

"장혜령이 황태 패거리에게 따먹혔다는 글."

급하게 휴대폰을 뺏었다. 아이들의 카톡 내용을 천천히 훑었다.

"대한고 J양, 황태자 일당에게 돌림빵당하다. 걔들 사귀는 거 모르는 사람 없는데 이니셜만 박아 놓으면 뭐 하나?"

말도 안 된다.

"이게 혜령이라고?"

"순진한 자식아. 넌 그래서 안 되는 거야. 황태가 처녀 킬러라는 소문 못 들었어? 근데 또 모르지. 저번처럼 걔들이 지어낸 얘기인지도……."

꼬부기의 다음 말이 생각나지 않는다. 녀석의 멱살을 잡고 무슨 얘기인지 다시 물었다. 멱살을 잡혀 캑캑거리는 꼬부기가 공사장 안에서 아이들이 흘린 농담 식의 이야기를 늘어놓았다. 내가 하나라도 **빼놓**으면 죽여 버린다고 다시 물었고, 자랑처럼 자신의 무용담을 늘어놓는 녀석들을 흉내 내며 꼬부기는 새삼스레 뭘 그러냐고 도리어 화냈다.

단톡방에는 정말로 혜령이를 연상케 하는 소문이 일파만파 퍼지고 있었다. 망치로 맞은 것처럼 머리가 아팠다. 찾지 못한 퍼즐의 한 조각이 드디어 채워지는 것 같았다. 다음 타깃이 전 여친이란 말을 했던 서연이의 말이 이제야 조금은 이해가 됐다.

"이 새끼 진짜 쓰레기 아니냐?"

단체창을 보며 큭큭거리던 꼬부기가 다시금 나에게 맥주를 건넸다. 그제야 생각이 났다. 그래. 바로 그때쯤이었다. 작년 크리스마스이브. 양껌과 녀석의 패거리들이 체육관에서 같은 반 여자애를 성폭행했다는 소문. 소문 속 여자아이가 순희였다는 걸 나는 이제야 생각해 냈다. 관심종자가 지어낸 가십거리 정도로 여겼는데 어쩌면 그 말이 사실일지 몰랐다. 꼬부기가 건넨 맥주를 밀어 내고 자리에 섰다. 전신에 파편이 꽂히는 것처럼 쓰라리고 아팠다. 걸어가는 내내 그렇게 아팠다.

"야! 어디 가?"

세상이 노랗게 보였다. 정말로 그렇게 보였다. 그토록 순희가 숨기려고 애쓰던 그날의 진실들이, 알려지는 것조차 두려워 집 안에만 있던 나날들이, 다른 이에게는 흥미거리가 되어 활자로 떠돌고 있었다. 선생도, 부모도, 아무도 모르는 그날의 끔찍한 사실들이 낡은 공사장 컨테이너 박스 안에서 안주가 되어 씹히고 있었다.

"나는 진짜 병신이었네."

나는 왜 몰랐을까. 나는 왜 진실을 제대로 보려고 하지 않았을까. 어쩌면 겁이 났을 수도 있고, 이 모든 걸 감당할 후환이 두려웠을 수도 있다. 순희는 늘 살려 달라고 외치고 있었는데 애써 외면한 사실을 그제야 알게 되었다.

"그나저나 혜령이 쪽팔려서 학교 어떻게 다니냐?"

내 곁을 충직한 개처럼 따라오던 꼬부기가 중얼거리듯 말했다. 누군가 투척한 불법 쓰레기가 바닥에 아무렇게나 팽개쳐져 있었다. 꼬부기는 그것을 힘껏 걷어찼다. 이윽고 비닐봉지가 요란한 소리를 내며 터졌고, 안에 있던 내용물들이 밖으로 쏟아져 나왔다. 깨끗한 아스팔트 바닥에 쓰레기가 요란하게 뒹굴었다.

"아무리 그래도 지 여친이었는데 어떻게 그런 소문을 내냐? 양껌 그 자식은 이런 짓 하고도 학교에 다시 복학도 하고 대학도 가고 다 해 처먹겠지? 그리고 보면 십 대란 게 참 좋은 거 같아. 죄 짓고도 빠져나갈 수 있고."

그렇다. 황태는 미성년자다. 법의 테두리 안에서 교묘하게 보호를 받을 수 있는 나이. 녀석이 저지른 짓은 내가 치는 말썽과는 차원이 다른 범죄다. 그건 분명한 범죄였다. 부모의 능력이 자식들의 미래를 결정할 수 있는 현실에 분노를 느꼈다. 꼬부기에게 설명을 듣는 것만으로도 순간적으로 자살이 떠오를 만큼 암울해졌다.

어떻게 집까지 걸어왔는지 기억나지 않았다. 고개를 젖혀 시계를 보니 어느새 새벽 두 시가 넘었다. 답답함을 참지 못해 담배를 물었다. 순희는 내 방에서 얌전히 잠들어 있었다. 나는 그런 순희를 물끄러미 내려다봤다. 녀석의 얼굴이 지극히 평화로웠다. 무슨 꿈을 꾸고 있는 걸까. 꿈속에서라도 제발 편했으면 좋겠는데. 나는 그렇게 순희를 한참이나 내려다봤다. 나가려는데 언제 깼는지 순희가 내 손을 잡았다.

"아우, 담배 냄새."

가자미눈을 하고 노려보기에 나는 자리에 앉았다.

"내 코는 못 속인다. 너 들어올 때부터 담배 냄새 쭉 났거든?"

순희가 내 손가락 끝을 잡고 코를 벌름거렸다.

"담배 끊기가 그렇게 어렵나?"

누가 누굴 걱정하는 건지, 누가 누굴 염려하는 건지. 날 보는 녀석의 얼굴 위로 복잡한 염려가 스쳤다.

"너, 바보냐?"

178

나는 녀석에게 괜스레 화가 치밀어 올랐다.

"왜 또 시비야?"

영문을 모르는 순희가 멀건 눈을 하고 나를 보았다.

"그게 네 잘못이야? 왜 네가 숨는데?"

순희의 얼굴이 불안을 직감하고 어두워졌다.

"내가 그 자식 죽여 줘?"

목소리는 떨렸지만 내뱉은 말은 진심이었다. 세상에 인간 같지도 않은 인간이 이 땅 위에 같이 살을 비비며 살고 있었다. 남자로서 창피했고 사람인 게 쪽이 팔렸다. 이렇게 조그만 여자아이 하나 건사 못하는 현실에 나조차도 기가 막혔다.

"나 더럽게 멍청한데 뭐가 옳고 틀린지는 알아."

나는 머리가 별로 좋은 편이 아니다. 가끔은 돌아이라고 불리는 완전 제멋대로인 꼴통이다. 그래서 아픈 사람들 위로하는 법 같은 건 잘 모른다. 순희가 얼마나 아플지 힘들지도 알지 못한다. 근데 말이다, 나는 그냥 이 녀석이 잘 살았으면 좋겠다. 예전처럼 학교도 다니고, 아이돌에 열광하고, 방과 후 떡볶이에 환호하는 그런 평범한 녀석으로 말이다. 최대한 의연하려 했는데 수도꼭지처럼 눈물이 솟았다.

"세상 더럽게 좆 같네."

울먹이는 내 얼굴에 순희는 자신의 손가락을 가져다 댔다.

"신기하다. 남자 우는 거 첨 봐."

그날에 시간이 정지해 버린 순희의 아픔이 내 가슴속에 그대로 전해져 왔다. 가슴이 너무 아파 갈기갈기 찢겼다. 미친놈처럼 끝없이 눈물 콧물이 흘렀다. 순희는 나를 감싸 안고 한참을 다독거렸다. 떨리는 내 어깨를 지그시 안고 갓난아이를 재우듯 한참을 도닥거렸다. 서러움에 울음이 그치지 않았다. 멈추고 싶어도 빌어먹을 눈물이 멈추지 않았다.

"무민아, 내가 비밀 하나 말해 줄까?"

"……."

"나도 사실 학교에 가고 싶었어."

한참을 위로하던 순희가 내 귓가에 나직하게 속삭였다.

관찰 30일째

기분처럼 우중충한 날씨다. 한없이 너부러진 날씨가 나의 마음마저 폭삭 내려앉게 했다. 오랜만의 외출에 순희는 떨고 있었다. 나는 밤새 잠을 이루지 못했다. 이제 순희와도 어느덧 마지막. 진실을 고백할 수 있을지 나는 여전히 의문이 든다. 퇴학을 면하기 위해 녀석을 이용했던 건 사실이니까.

순희가 학교를 가겠다고 말했다. 결과적으로 이 모든 건 우리에게 잘된 일이다. 그런데 마음이 불안해졌다. 나는 애써 진실을 외면하고 있었다. 일부러 접근한 내 과거의 행적들과 양심을 속이며 순희에게 교묘히 접근한 사실을. 내 안의 어두움을 지우고 순희를 향해 맑게 웃었다.

"정말 괜찮은 거지?"

발발 떨리는 턱 끝을 부여잡고 순희가 씩씩하게 고개를 끄덕거렸다.

복잡한 지하철 입구. 우리는 플랫폼에 나란히 서 전차를 기다리고 있었다. 매캐한 먼지내, 의미를 알 수 없는 뒤섞인 잡음, 학교로 가는 길은 멀고도 멀었다. 지하철이 요란한 굉음을 울리며 역사를 향해 천천히 들어섰다. 순희가 굉음에 놀라 뒤로 움찔 물렀다. 나는 그런 순희의 어깨를 뒤에서 듬직하게 받쳤다.

"지하철에 쫄긴. 내가 있잖아."

끝없는 친절에 녀석이 고개를 숙였다. 그 사이 우리의 앞으로 지하철이 섰다. 당당히 우리는 지하철 안으로 올랐다. 맨 구석에 자리 잡은 우리를 몇 명이 힐끔거렸다.

"확 씨! 뭘 봐? 눈 안 까냐?"

무섭게 눈을 부라리고 나는 순희를 향해 돌았다. 녀석의 얼굴이 처음보다 안정을 찾았다. 주변을 체크하는 여유도 보였다. 그러고 보니 무심하게 지나쳤던 지하철 안 사람들의 일상이 보인다. 조는 사람, 휴대폰을 만지작거리는 사람, 책을 읽는 사람, 무표정한 사람, 하품을 늘어져라 하는 사람. 내일이면 기억 못 할 이 사람들의 얼굴처럼 순희도 그렇게 잊히면 좋을 텐데.

순희는 나의 왼뺨에 시선을 고정시켰다. 복잡한 내 마음은 그저 혼란스럽다. 머릿속엔 온통 한 가지, 진실을 고백해야 하느냐 마느냐에 관한 생각뿐이다. 나의 퇴학을 막기 위해 순희를 이용했다. 녀석이 실망할 걸 생각하니 나 역시 실망스럽다. 어쩌면 내게 절교 선언을 할지도 모른다. 평생 나란 인간을 원망하며 살지도 모른다. 나는 그런 게 아닌데, 처음엔 그렇게 시작했어도 지금은 그런 게 아닌데, 어떻게 하면 내 진심이 명확히 전달될는지 나는 이런저런 핑곗거리를 찾고 있었다.

"무슨 생각해?"

순희가 장난스럽게 내 볼을 찔렀다. 그제야 생각을 멈추고 순희의 눈동자에 비친 내 얼굴을 보았다. 심각함을 숨기고 노려보자 순희가 새침한 표정으로 고개를 돌렸다. 나는 순희의 낡은 스니커즈에 자꾸만 시선이 갔다. 순희가 또다시 내 눈치를 살피며 슬금슬금 손가락을 들었다 놓았다. 나는 찰나를 포착해 순희의 손가락 끝을 움켜잡았다.

"재미있냐?"

뭐가 그렇게 재밌는지 녀석은 날 보며 방긋방긋 웃었다.

조회 시간에 맞춰 가까스로 교실에 도착했다. 낡은 뒷문의 소리가 유달리 크게 느껴지는 아침이었다. 교실에 들어서기 전 나는 순희를 잡았다.

"2학년 7반 45번, 지순희 학생. 등교할 준비됐습니까?"

나는 순희에게 장난스럽게 윙크를 보냈다. 순희 역시 긴장이 됐는지 몇 번이고 깊은 숨을 '후후' 하고 쉬었다. 우리는 용감하게 서로를 보았다. 어떤 오글거림도 이겨 내자며 씩씩하게 다짐했다.

문이 열리고 우리가 들어서자 교실 아이들이 약속이나 한 듯 뒤돌아보았다. 모른 척 순희를 잡아다 내 옆에 앉혔다. 1분단 맨 뒷자리, 그곳은 나의 지정석이다. 귀찮다는 이유로 짝꿍조차 만들지 않았는데 이런 우리에게 아이들이 의아한 듯 시선을 보냈다. 순희는 이런 반응을 예상이라도 했다는 듯 아무렇지 않게 교과서와 필기도구를 꺼냈다.

"얘들아. 공부하자, 공부!"

행여 순희가 불편함을 느낄까 나는 서둘러 말을 꺼냈다. 내 눈치를 보며 힐끔거리던 아이들도 종이 울리자 모두들 자신의 할 일을 찾았다.

앞문이 열렸다. 빡세가 엑스칼리버를 쥐고 슬로 화면처럼 천천히 들어서고 있었다. 빡세는 습관적으로 나와 순희의 자리를 살폈다. 오늘은 나도 있고 순희도 있었다.

"이놈의 자식들이……."

빡세의 놀란 눈과 입술이 뭐라 말하려 들썩거렸다. 나는 어깨를 거만하게 으쓱거렸다. 갑자기 빡세가 나오지도 않는 헛기침을 짜냈다.

"특별한 사항은 없고, 뻑하면 땡땡이치는 고정 녀석들 있는데 걸리면 가차 없다. 1분단 맨 뒤 두 녀석들 튀나 안 튀나 모두들 감시 잘하고. 저것들의 불량스러운 행적을 잡아 오는 놈들은 내가 특별히 벌점을 삭제해 주겠다."

아이들은 환호했고 빡세는 순희가 나온 반가움을 에둘러 표현하고 있었다.

으이구, 귀여운 빡세 같으니라고.

관찰 31일째

다행히 나의 가드 역할이 완벽해서 그런 건지 학교는 예상보다 조용하였다. 의외로 남들은 순희가 생각하는 것만큼 순희에게 관심을 안 가지고 있었는지도 모른다. 대신 학교에선 다른 이야기로 떠들썩했다. J양에 관한 끝없는 소문이었다. 맞물려 혜령이의 결석 얘기도 들렸지만 순희에게 신경 쓰느라 혜령이까지 살필 여력이 없었다.

순희가 학교를 나온 지 이틀이 지났다. 아직까진 기특하게 잘 해내고 있었다. 내 옆을 하루 종일 따라다니는 게 귀찮긴 했지만 그래도 괜찮다. 1교시 빡세의 지리 시간이 시작되자 아이들이 약속이나 한 듯 책상 위로 고꾸라졌다. 나 역시 시류에 편승하여 책상에 얼굴을 묻었다. 순희의 매끈한 옆모습이 보였다. 동그란 콧등과 기다란 속눈썹, 나도 모르게 자꾸만 순희의 붉은 뺨에 시선이 머문다. 불편해지는 마음을 느끼며 조심스럽게 눈을 감았다. 녀석이 책상 위를 톡톡 쳤다. 고개를 들어 바라보니, '무민아, 고마워' 또박또박 눌러쓴 정갈한 글씨체가 보였다. 지리 교과서, 56페이지, 맨 왼쪽 아래 칸, 순희의 얼굴이 밝고 붉었다. 무심한 척 눈을 감았다. 심장이 제멋대로 뛰었다. 처음 바이킹을 탔던 그날같이 심장이 두근거렸다. 녀석의 대책 없는 맑음에 나는 한없이 미안해졌다. 고개를 돌려 잠에 집중하고자 마음먹었지만 녀석의 시선이 느껴지자 나의 등줄기는 또다시 팽팽해졌다. 보이지 않지만 내 뒤통수에서 여전히 날 보며 싱그럽게 웃고 있을 순희의 얼굴이 그려지고 있었다.

관찰 32일째

"순희야, 학교 가자!"

501호와 502호 복도 사이, 나는 벨을 누르고 순희를 기다리고 있었다. 원래 여자들은 이렇게 늦게 나오는 것인지, 아니면 일부러 골탕을 먹이려고 그러는 것인지는 정확히 알 수 없지만 이른 아침 등교에 기분이 좋지 않았다. 정확하게 말하자면 내 기상 시각보다 무려 한 시간이나 이른 시각이었다. 빡세는 모닝콜로 엄마를 깨웠고, 엄마는 그 덕에 나를 깨웠고, 나는 어쩔 수 없이 순희를 깨우고 말았다. 일찍 자고 일찍 일어나는 바른 생활 어린이로 살라는 말씀 같은데 이 안정적인 느낌은 나의 마음을 불안케 한다. 빡세는 순희가 완벽히 적응할 때까지 나보고 녀석을 책임지라는 어명을 내렸다. 내일모레면 스물인 녀석에게 무슨 보살핌이 그렇게 필요하다는 건지. 이건 선생이 아닌 인간으로서 하는 부탁이란 말만 없었어도 나의 일상은 예전으로 돌아갔을 것이다.

"왜 이렇게 늦게 나와?"

어제보다 늦은 순희를 보며 나는 눈을 흘겼다. 확실히 어제와는 다른 오늘이었다. 옅은 향수 냄새가 순희의 머릿결과 교복 끝에서 은은하게 흘러나왔다. 얼굴에는 언제 발랐는지 비비크림이 덕지덕지 묻어 있었다. 찰랑거리는 머리카락도 여느 아이들과 다를 바 없었다. 그것은 고데기로 몇십 번을 문댔을 법하게 한 치의 오차도 없이 빳빳했다.

"얼씨구? 화장했냐?"

"아니."

순희가 엘리베이터 버튼을 길게 눌렀다.

"어디서 향수 냄새가 나는 거 같은데?"

나는 순희의 곁에 다가가 코를 벌름거렸다.

"모르는구나? 여자들한테는 늘 좋은 향기가 나는 법이야."

순희가 새치름하게 엘리베이터 안으로 올랐다. 밤사이 비라도 내린 건지 바닥이 축축히 젖었다. 세상의 더러움은 깨끗하게 씻겨 있었다. 우리는 마로니에 공원으로 향하는 버스에 올랐다.

"귀찮게 무슨 사생 대회를 공원에서 한다고 그러는지."

만원 버스엔 이미 같은 교복의 아이들로 꽉 차 앉을 틈이 보이지 않았다. 이런 날은 땡땡이가 제격이지만 불행하게도 나는 순희의 보호자였다. 내키지 않지만 어쩔 수 없이 끌려가야만 했다.

공원 가운데 도착하니 2학년 학생들 전부가 모였다. 혜령이의 반을 힐끔 살폈는데 오늘도 혜령인 모습을 보이지 않았다. 몇 번 전화를 해 봤는데 언제나 부재중이었다. 혜령이가 염려됐지만 마땅히 뭘 해야 할지 몰랐다. 일말의 걱정스러움을 뒤로하고 나는 고개를 꺾었다. 말갛게 씻긴 나뭇잎이 저마다의 아름다운 핑크빛 물기를 머금고 있었다. 가까운 여름 냄새가 우리들 곁에 물씬 풍겼다. 어쩌면 땀내 나는 교실보다 이곳이 나을 것 같다는 생각도 들었다.

"아침인데도 사람들이 꽤 많네."

순희가 걱정스러운 눈길로 공원을 훑었다. 구석에는 노숙자들이 모여 막걸리를 마시고 있었다. 큰 느티나무 주변으로는 방황하는 자퇴생들의 요란한 바이크 소리가 울렸다. 다른 한쪽에선 유치원 아이들이 소풍을 나온 듯 모였다. 순희는 모두를 주의하며 어느 누구와도 시선을 맞추지 않았다.

"그래도 안에만 있는 것보단 밖에 나오니까 좋지 않아?"

몇 분 전까지 투덜거리던 내가 녀석의 불안을 없애 주려 애썼다. 이렇게 햇살이 반짝이고, 이렇게 공기가 상쾌하지 않은가. 이렇게 잎은 푸르고, 이렇게 꽃은 가득하지 않은가. 꽃잎이 흩뿌려진 젖은 바닥을 솜사탕을 밟는 듯 사뿐히 밟았다.

"어떻게 생각하면 좋은 거 같고 어떻게 생각하면 싫은 거 같고."

"무슨 대답이 그래? 좋으면 좋은 거고 싫으면 싫은 거지."

"그러니까 나도 내 맘을 잘 모르겠다는 거야."

순희가 까르르 웃으며 공원 가운데를 뛰쳐나갔다. 급하게 달려오던 어떤 녀석이 순희의 어깨와 맞부딪쳤다. 녀석이 인상을 찡그리자 순희는 웃음을 멈췄다. 돌멩이처럼 굳은 순희를 보며 나는 급하게 달렸다.

"그러게 내 옆에 딱 붙어 있으랬잖아. 가만 보면 말 더럽게 안 들어. 네가 무슨 범생이냐?"

이상했다. 순희가 낯선 이에 대한 경계를 내보일 때마다 내 모든 솜털이 쭈뼛 솟았다.

"어딜 가든 껌딱지처럼 딱 붙어 있으라고."

순희를 낚아채는 순간 익숙한 실루엣이 보였다. 멀리 바이크에 올라타 학생들 주변을 배회하는 낯익은 녀석, 양껌이었다.

'저 미친 새끼가 여기 왜 온 거야?'

아무것도 생각나지 않았다. 저 새끼와 한 공간에 있는 것만으로도 역겹고 토할 것 같았다. 순진한 순희는 그림 그릴 장소를 열심히 물색 중이었다. 나는 순희가 양껌을 발견할 수 없게 어깨를 돌렸다. 양껌과 순희의 등이 서로를 마주 보았다.

"그릴 거 없으면 이거나 그리든가."

그다지 예쁠 것도 없는 흔하디흔한 잡초. 그것이 녀석처럼 질긴 생명력을 뽐냈다.

"딱 너 같지 않냐? 이렇게 딱딱한 바닥에서도 살겠다고 바락바락하는 게."

순희가 날 보며 눈을 흘겼다.

"잡초 지순희. 넌 무조건 여기 앉아서 이거나 그리고 있어. 오빠 그동안 화장실 좀 다녀올 테니까."

생각에 생각이 꼬리를 물었다. 순희가 바닥에 쪼그려 유심히 잡초를 살피는 동안에도 내 질척이는 정신세계는 오직 한 가지 생각밖에 나지 않았다.

"그렇다고 사람한테 잡초가 뭐야!"

해맑은 순희의 대답이 내 맘을 달뜨게 만든다. 나는 자리에서 일어나 반대 방향으로 향했다. 정신없는 사람들 틈바구니 속에서 오직 양껌을 찾기 위해 두리번거렸다. 다행히 양껌은 시야에서 멀리 떨어져 있지 않았다. 녀석의 주변으로 아이들이 하나둘 몰렸다. 오랜만의 만남에 아이들은 녀석을 반가워했다. 그러나 이건 말도 안 된다. 나는 어떻게든 녀석을 사라지게 만들고 싶었다. 요술램프라도 있다면 녀석이 평생 이곳엔 발을 못 붙이게 한다는 데 내 소원 전부를 쓸 것이었다. 힘써 마음을 누르고 녀석을 향해 묵직이 걸었다. 가게 주변으로 오픈 기념 화환들이 유혹하듯 날 보며 이파리를 흔든다. 아무것도 생각나지 않았다. 그중 하나를 무의식으로 집어 든 것 말고는.

"개자식아. 네가 여길 왜 와?"

녀석이 고개를 돌림과 동시에 나는 들고 있던 화분을 양껌의 머리 위로 내리쳤다. 정확히 정수리 부분에 화분이 꽂혔고, 머지않아 양껌의 얼굴 위로 시뻘건 선혈이 흘렀다. 갑작스러운 공격에 놀란 양껌은 바닥에 얼굴을 묻었다. 파랗게 질린 이름 모를 여자아이가 바닥에 쓰러진 양껌을 일으켜 세웠다.

"너 뭐야? 네가 뭔데 내 남친한테 이 지랄인데!"

여자아이가 사람들의 이목을 집중시키려 연신 비명을 질렀다. 영문을 모르는 아이들은 내 행동에 어리둥절해했다.

"살려 주세요! 여기 웬 미친놈이 있어요!"

여자애는 사람들을 붙잡고 사정했다. 나는 그 애를 노려보았다. 교복 위로 생경한 이름이 비쳤다. 이름 박지민. 제2의, 아니 제3의 피해자가 될 아이가 나를 막아서고 나섰다.

"너, 이 자식이 어떤 자식인지 알고도 붙어 다니는 거야?"

나는 그 아이를 무섭게 쏘아보았다. 내 살벌한 눈빛에 그 아이가 놀란 듯 시선을 피했다. 나는 양껏을 향해 방향을 틀었다. 미친 듯 녀석을 밟고 내리쳤다. 인정사정 같은 건 봐주지 않았다. 봐주고 싶지도 않았다. 온갖 부위를 발로 차고 주먹으로 내리찍는 것 외에는 아무것도 없었다. 뒤늦게 상황을 파악한 몇몇이 나를 말렸지만 아무래도 상관없었다. 나는 이미 제정신이 아니었다.

"거기 니들 뭐 하는 거야!"

멀리 쌤들이 호각을 불며 우리에게 향했다. 누군가 그새 이른 모양이었다. 쌤들이 내 양팔을 잡았다. 나는 미친놈처럼 끝까지 녀석에게 달려들었다. 분노는 쉽게 가라앉지 않았고 나는 울부짖었다.

"박무민! 정신 차리라고!"

빡세가 내 뺨을 후려갈겼다. 벌건 얼굴 사이로 시원한 바람이 스쳤다. 그제야 정신이 번쩍 들었다. 쌤들을 뿌리치고 어느새 나는 순희에게 달려가고 있었다.

진술서

작성자 : 지순희

나는 이제 용기를 내려고 합니다. 내 주변 사람들을 지키기 위해서라도 그렇게 하려고 합니다. 한때는 침묵이 답이라 믿었습니다. 나만 입 다물면 모든 게 끝나는 거라고 생각했습니다. 그런데 사람들이 말했습니다. 내가 틀린 거라고. 내가 잘못 생각하고 있는 거라고. 엄마도, 무민이도, 쌤도. 나를 아끼는 모든 사람들이 내가 틀렸다고 말했습니다. 나는 정말이지 숨기고 싶었습니다. 숨길 수 있을 만큼 숨기고 싶었습니다. 지금부터 살기 위해 이 모든 걸 털어놓겠습니다. 내 이야기를 가감 없이 들어 주길 바랍니다.

때는 작년 12월 24일, 그러니까 크리스마스를 하루 앞둔 날이었습니다. 방학이었지만 우리는 밀린 보충 수업을 강요받아 학교에 나오게 되었습니다. 창밖으로는 팝콘 같은 눈발이 휘

날렸습니다. 온 세상이 하얗게 덮였습니다. 쉬는 시간, 우리는 잠깐의 틈을 놓치지 않고 운동장을 향해 달렸습니다.

"딱 한 시간만이다."

빡세의 호기 어린 외침에 아이들은 환호를 지르며 밖으로 나갔습니다. 창문 너머에는 눈사람을 만들고, 눈싸움을 하고, 눈길을 만드는 아이들로 가득했습니다. 저는 그 속에 섞일 수 없었습니다. 하루 종일 속이 울렁거리고, 머리가 지끈지끈 아팠습니다. 아무래도 생리통 때문인 것 같았습니다. 아픈 배를 움켜쥐고 체육관으로 가서 매트에 홀로 누웠습니다. 그렇게 고통을 달래고 있는데, 양껌과 일행들이 체육관 안으로 들이닥쳤습니다. 아무렇지도 않게 매트에 앉아 담배를 피웠습니다. 역한 담배 냄새에 나는 고개를 돌렸습니다.

"여기서 피면 걸릴 텐데."

약간 나무라는 투로 말했습니다. 녀석들이 나에게 시선을 고정시켰습니다.

"넌 여기 왜 있냐?"

"그냥 몸이 좀 안 좋아서."

양껌이 일어나 내게 다가왔습니다. 손에는 본드가 들려 있었습니다.

"그건 뭐야?"

왠지 느낌이 좋지 않았습니다. 배를 감싸 쥐고 재빨리 그곳을 빠져나가려고 했습니다. 양껌이 일행 중 한 명에게 눈짓을 보내자 누군가 체육관 문을 걸어 잠갔습니다. 스쳐 가는 녀석들 사이로 시큰한 본드 냄새가 흘렀습니다. 양껌은 가려는 내 앞을 가로막았습니다. 뒤에선 누군가 내 허리를 감쌌습니다.

"왜, 왜 이래?"

나는 겁에 질려 녀석들을 향해 말했습니다. 평소 한 반에서 수업을 듣고 떠들던 아이들의 눈빛이 아니었습니다.

"너, 나 좋아한다며? 키스 한 번만 하자고."

막무가내로 달려드는 양껌을 나는 거칠게 밀었습니다.

"장난하지 마. 쌤한테 이르기 전에."

그러면 그럴수록 녀석은 더욱더 나를 강하게 끌어당겼습니다.

"왜 이래? 너 나 좋아하잖아."

곁에 있던 아이들이 그런 나를 보고 비웃었습니다. 내 입술에 양껌이 자신의 입술을 비볐습니다. 뿌리치려 했지만 그럴수록 녀석은 더욱 강하게 힘으로 나를 제압했습니다.

"싫다니까 왜 이래!"

나는 녀석의 입술을 깨물었습니다. 양껌의 입에선 피가 흘렀습니다.

"이 쌍년이!"

양껌이 주먹으로 내 턱을 갈겼습니다,

"이게 죽으려고 진짜!"

내 머리채를 잡고 다리를 걸어 매트 위 바닥으로 쓰러트렸습니다.

"해 준다고 할 때 고맙게 받아 처먹을 일이지. 꼴에 너도 처녀라고 튕기냐?"

그들 중 한 명이 일어나 체육관 밖으로 나가 망을 보았습니다. 그들은 바닥에 쓰러진 나를 발길질했고, 싫다고 버둥대는 나를 향해 침을 뱉었습니다. 누군가 내 양팔을 잡았고, 누군가 억지로 내 치마를 벗겼습니다. 나는 도망가려 했지만 녀석들의 힘을 당해 낼 순 없었습니다. 교복 치마가 엉덩이에 반쯤 걸쳐진 뒤에, 양껌이 내 배 위에 앉았습니다. 그다음은 차마 기억하고 싶지 않습니다. 고통스럽고 수치스러운 시간이 흘렀습니다. 창문을 가리고 있던 녀석이 나를 보며 킬킬거렸습니다. 그들 중 한 명은 내 모습을 휴대폰 카메라로 찍기도 했습니다.

"야! 빨리 해. 나도 존나 꼴렸어."

"이년도 존나 좋아하네. 내가 그랬잖아. 은근히 색기를 풍긴다니까."

그렇게 몇 명이나 내 배 위에서 바뀌었을까요.

"야! 누구 온다!"

급한 외침에 놀란 아이들이 후다닥 그 자리에서 도망을 쳤습니다. 매트 바닥엔 피가 흥건히 고여 있었고, 나는 충격으로 웅크린 채 누워 있었습니다. 눈물도 나지 않았습니다. 손가락 하나 들 힘도 없었습니다.

"순희야⋯⋯."

바닥에 쓰러진 나를 발견한 건 서연이었습니다. 서연이가 자신의 입을 막았습니다.

내 기억이 돌아온 건 서울에 위치한 어느 병원에서입니다. 양껌의 부모님과 학교 관계자들이 병실을 지키며 서성거렸습니다. 귓가에는 양껌 엄마의 목소리가 울렸습니다.

"여자애가 와서 꼬리 치는데 거기에 안 넘어가는 남자애가 어디 있습니까?"

그들 중 몇 명이 문병을 빙자한 협박을 하고 갔고, 내 곁을 지키던 서연이는 아무 말도 못 한 채 울먹거렸습니다.

"이사장님이 그날 일 얘기하면 가만 안 두겠대."

양껌의 부모님은 유일한 목격자인 서연이를 시시때때로 협박했습니다. 그리고 내게 찾아와 양껌을 유학 보내겠다고 말했습니다. 큰 인심이라도 쓰는 듯 말입니다.

어쩔 수 없었습니다. 나는 계속 대한고등학교 학생이어야 했고, 소문은 낙인처럼 찍혀 평생을 따라다닐 테니까요. 정말이지 어쩔 수 없었습니다. 서연이와 나는 그렇게 입을 닫았습니다.

관찰 33일째

"입 잘못 놀리면 인터넷에 동영상 확 뿌려 버릴 테니까 그냥 얌전히 지내. 알았어?"

겁이 난 순희는 경찰은 물론이고 엄마에게조차 그 사실을 말하지 못했다. 오히려 사실이 알려질까 전전긍긍했다. 순희를 도와줄 수 있는 사람은 아무도 없었고, 홀로 앓던 순희는 결국 극단적인 선택을 했다. 이것이 내가 알고 있는 그날 사건의 전말이다.

"괜찮아?"

북한산 정상에 도착하자 순희의 땀이 내 눈에 들어왔다.

"괜찮아."

아무렇지 않은 척 땀을 닦아 내는 순희의 입술은 이미 하얗게 질려 있었다.

"넌 진짜로 안 괜찮단 말을 모르냐?"

물로 목을 축이는 순희의 모습을 보며 나는 무심하게 말을 건넸다. 어차피 종착역은 정해져 있었다. 지금 이 순간을 모면하면 그만이라 여겼는데 보고서 제출일이 가까워 오자 괜스레 조바심이 났다.

"너도 물 마실래?"

순희가 나에게 물병을 내밀고 피곤한 듯 벤치에 덜렁 드러누웠다. 먼저 산행을 제안한 건 나였지만 순희가 받아들인 건 한 참이 지나서였다.

"얼마 안 있으면 기말고사네."

이곳에서도 녀석은 오로지 학교 생각뿐이다. 나는 대차게 진실을 고백하려 했지만 말은 입안에서만 맴돌 뿐 떨어지지 않았다. 용기 없는 스스로가 실망스러웠다.

"언제부터야?"

순희가 무심하게 내게 물었다.

"뭐가?"

"그날 일 알게 된 거."

내 몸이 마비된 듯 움직이지 않았다.

의식적으로 지우려 했던 녀석의 과거를 녀석이 먼저 아무렇지 않게 꺼내 보였다.

"곧 학교에도 소문나겠지?"

모든 원망은 빡세를 향했다. 떠넘기듯 맡긴 순희. 그런 순희에게 죄책감이 싹트기 시작한 나.

"신경 쓸 거 없어. 어차피 애들도 신경 안 쓸 텐데 뭐."

아무렇지 않게 말했다.

"혜령인 전학 간 거야?"

"그렇다고 들었어."

무심하게 말했지만 그들에 대한 연민은 자꾸만 빡세를 향한 원망으로 쏠리고 있었다.

"무민아."

"응."

"넌 기적 같은 거 믿어?"

"기적? 학교 죽어라 안 가겠다고 버티던 네가 학교에 다시 나가게 된 그딴 거?"

나는 다시 삐딱해지려 하고 있었다. 순희에 대한 죄책감이 나를 또다시 바닥으로 내몰았다.

"내 생애 최고의 기적은 네가 우리 집 베란다를 넘어온 그날이었던 거 같아."

그날을 회상하는 순희의 표정이 평화로웠다. 우리는 나란히 좁은 의자에 앉아 그날을 떠올리고 있었다. 생각만으로도 쫄 깃해지는, 서로의 심장이 떨렸던 첫 만남을.

"무민아, 나한테 기적은 그런 거야. 너를 만나서 용기를 냈다는 거. 내가 다시 학교에 나가게 됐다는 거. 그리고 믿을 수 있는 사람이 생겼다는 거."

녀석의 대답에 얼굴이 굳었다. 벙벙한 얼굴로 순희를 바라보자 녀석이 날 보며 샐쭉이 웃었다.

"날 살리려 하늘에서 보내 준 천사 박무민. 정말 고맙다."

내 심장이 또 한 번 무너졌다.

관찰 34일째

뽀뽀. 사전적 의미로는 볼이나 입술 따위에 입을 맞추는 행위. 주로 어린아이들에게 많이 나타나는 행동으로 세상에 존재하는 수많은 애정 표현 중 지극히 유아적이고 기초적인 것. 대한민국 평균 첫 키스 연령은 18.2세. 내 첫 키스 연령은 중학교 3학년이니 그보다 조금 앞선 듯하다. 중학교 3학년 겨울방학 109동 놀이터 앞에서 나의 역사적인 첫 키스는 탄생하였다. 뭐든 또래보다 앞서는 건 좋은 일이라 여겼다. 내 찬란했던 첫 키스 역시 그랬다. 평생 기억에 남을 일이고 죽을 때까지 각인되는 숭고한 행위. 엄마의 뽀뽀가 끊긴 이후, 난 늘 키스에 목말라 있었다. 코밑에 거뭇거뭇 수염이 날 즈음부터 엄마는 나에게 더 이상 살가운 스킨십 따위를 하지 않았다. 엄마는 은근 원하는 눈치였지만 난 엄마의 터치가 징그럽기도 했고 쑥스럽기도 했다. 슬금슬금 피하는 행동을 보였더니 엄마는 토라진 듯 어느 순간부터 내게 더 이상 적극적인 애정 공세를 하지 않았다.

뽀뽀는 끝이다. 이제부터 나는 키스를 할 거다. 거국적인 내 첫 키스를 받게 될 아이를 내 주변에서 고르고 골랐다. 같은 독서실에 다니던 여자아이로 결정되었다. 참으로 경쟁이 치열했다. 나는 오직 키스를 하겠다는 일념 하나로 토마토나 딸기 같은(단지 입술 느낌과 비슷하다는 이유로) 과일로 연습을 시작했다. 치약과 칫솔을 항시 구비하는 것은 물론이거니와 언제 어느 때 키스를 할지 몰라 긴장 태세를 늦추지 않았다. 수많은 연습과 시행착오를 거쳐 드디어 키스를 할 디데이가 가까워졌다.

아, 그동안 얼마나 이 순간을 아기다리 고기다리 해 왔던가.

내 여친은 인기가 많은 아이였다. 이유는 단 하나, 걸 그룹의 누군가를 닮아서였다. 주변 녀석들은 날 부러워했고 나도 그 애가 걸 그룹 멤버를 닮았다는 게 자랑스러웠다. 우린 같은 독서실을 다녔다. 공부를 하려고 등록한 건 아니고 늦은 귀가가 허용되기 때문이었다. 우리는 하교 후에 독서실에서 주야장천 놀았다. 독서실이 끝날 쯤에는 놀이터에서 놀았다.

겨울의 한밤이었다. 그 아이의 손은 차가웠고, 나는 그 손을 놓지 않았다. 그네를 탈 때는 젠틀한 사내처럼 교복 상의를 벗어 덮어 주기도 했다. 내 큼직한 교복을 입고 그 애는 팔짝팔짝 뛰었다. 키스를 해야만 했다. 그 아이가 옆에서 종알거리는 목소리는 들리지 않았고 머릿속엔 온통 키스에 대한 생각으로 가득 차 있었다. 인적은 없었다. 의미 없이 발을 구르던 나는 이런저런 시답잖은 얘기를 늘어놓았다.

언제쯤이 좋을까. 어떤 타이밍이 환상적일까.

나는 마음을 다잡았다. 시계의 초침에 맞춰 내 입술도 녀석에게 가까워졌다. 그 아이의 입술을 향해 느물느물 다가갔고 그 아이는 기다렸다는 듯 천천히 눈을 감았다. '환상적'까지는 아니었지만 그렇다고 나쁘지도 않았다. 아이들의 표현처럼 귀에서 종소리가 은은하게 들린다든가, 온 세상이 별빛으로 환해진다거나, 그런 느낌은 아니었다. 그래도 좋았다. 어깨가 움찔거리고 언제쯤 입술을 뗄까 고민하고 있을 때, "현아야." 들리는 아줌마의 목소리만 없었다면 내 첫 키스는 완벽했을 것이다. 내 앞에는 낯선 아주머니 한 분이 계셨고 그 애는 나를 황급히 밀었다.

"어, 엄마."

사색이 된 그 애와 당황한 아줌마의 얼굴이 동시에 보였다. 내 손아귀는 책가방을 잡았다. 그리고 그대로 달렸다. 치타도 그보다 빠를 순 없었을 것이다. 그 애는 다음 날부터 독서실에 나오지 않았고 우리는 그렇게 슬픈 이별을 맞이하고 말았다. 난 학교에서 비겁한 놈이라고 손가락질당했지만 또다시 그런 상황이 와도 당당히 도망칠 것이다.

"우리 뽀뽀할래?"

순희에 대한 감정이 애정인지 연민인지 헛갈릴 무렵 녀석이 먼저 말을 꺼냈다. 눈을 감고 살포시 입술을 내미는데 몸속으로 지렁이가 5만 마리는 꿈틀대고 있는 것 같았다. 앵두 같은 녀석의 입술을 외면하며 반대 방향으로 고개를 돌렸다.

"뭐야? 내가 하라고?"

순희가 영문을 모르겠다는 듯 동그란 눈을 치켜떴다. 뜨거운 수증기가 내 얼굴에 흩뿌려지는 듯했고 덥지도 않은데 내 손은 연신 부채질을 하였다.

"그런 건 남자가 말하는 거야!"

아니, 쟤는 무슨 여자애가 저렇게 겁이 없는지. 시대가 아무리 바뀌었다고 해도 감히 어디서 여자가 남자에게 먼저 키스를 해 달라고 조르는지. 키스가 키스에서 끝날 거 같으면 그걸 어디 키스라 칭하더냐. 이제 키스 하나만으로 환상에 젖을 나이는 훌쩍 패스해 버렸다고 말하려다, "넌 아직 남자를 몰라도 너무 모르는구나."라고 말한 뒤 애써 마음을 진정시키고 애국가의 후렴구를 절절하게 씹었다. 다행스럽게도 엘리베이터는 시간에 맞춰 도착했고, 나는 잽싸게 그 안으로 올랐다. 뾰로통한 얼굴의 순희 역시 나를 따라 엘리베이터로 향했다.

아뿔사, 여기서 판단 미스는 시작된 거다. 그곳은 밀폐된 공간이었다. 고요한 침묵이 승강기를 가득 채웠고 침묵 속에서 불규칙하게 뛰는 심장 소리가 들렸다. 언젠가는 알게 될 진실, 지금이 말을 꺼낼 적기다. 이제는 진실을 말하자. 말해야 될 때다. 진실을 알고도 순희가 나와의 키스를 원한다면 난 정말 성실히 응해 줄 의향이 있었다.

"순희야, 나 사실……."

그때다. 순희의 입술이 내 입술로 돌진했다. 그리고 울 엄마도 하지 않을 법한 입술 박치기를 내게 했다. 당황스러움에 허우적대며 순희를 바라보자 순희가 나를 향해 쑥스럽게 미소를 지었다.

"무민아, 네가 좋아."

나의 온몸이 마비되었다.

"야! 넌 말도 없이 기습적으로다……."

애야, 애야, 키스란 이런 게 아니란다. 이건 그냥 꼬마 애들 입술 박치기 정도밖에 안 되는 거란다. 역시 내가 먼저 리드를 했어야 하는 건가, 감흥이 없는 이 느낌에 왜 이렇게 내 심장은 콩닥대는지. 어색함을 감추려 버럭 소리를 질렀다.

"에이, 좋으면서."

순희가 벌건 내 볼을 찔렀다.

그래. 미치고 팔짝 뛰고 좋아서 환장하겠다! 됐냐?

관찰 35일째

그간의 생활이 너무도 바르기 그지없어 나는 일부러 보란 듯 늦잠을 잤다. 알람이 세 번 정도 울려도 일어나지 않았고 실내화도 일부러 삐딱하게 구겨 신었다. 교문이 아닌 개구멍을 향해 발걸음을 옮겼고 교복 명찰과 배지는 안주머니 어딘가에 구겨 넣었다. 가방에는 교과서가 하나도 없었고 새로 마련한 담배와 라이터가 나뒹굴었다.

"내일까지다."

개구멍을 통해 비굴하게 기어 나오는데 그 앞에 있던 빡세가 날 보며 말했다.

"무슨 말씀이세요?"

바지에 묻은 흙먼지를 털어 내고 나는 모른 척 불량하게 말을 받았다.

"내일까지라고."

드디어 나의 디데이였다. 이제 모든 건 대단원의 막을 내려야 할 때다. 갑자기 숨이 막혔다.

"다행인지 불행인지 교육청에서 이번 사안을 직접 보고받으러 온다는구나."

사실 순희에 대한 보고서는 이미 예전에 끝내 놓은 상태다. 한글 파일에 날짜별, 시간별로 순희의 일상과 행동들이 촘촘히 기록돼 있었다.

"그런데요?"

그런데 어찌 된 일인지 나는 제출을 미루고 있다. 엊저녁 뽀뽀 탓일까? 고게 내 맘을 심란하게 만들어 사리 판단이 정확하지 않은 것일까? 심장은 제멋대로 날뛰고 입맛은 깔깔하고 웃음은 억지로 쥐어짜도 나오질 않았다.

옆집 아이 보고서

프린터에서 문서가 하나씩 쏟아져 나왔다. 표지까지 완벽하게 뽑고 나니 모양이 제법 그럴싸했다. 보고서를 쥔 손에 오한이 스몄다. 등골이 삽시간에 오싹해지고 콧잔등 위로 식은땀이 송송히 돋았다. 비틀거리는 걸음을 추스르며 교무실로 향했다.

"몸이 안 좋아서 그러는데 조퇴해도 될까요?"

허벅지부터 척추 안쪽까지 뼈마디가 잘근잘근 쑤셨다. 정말이지 몸이 너무 아팠다. 벽기둥을 부여잡고 간신히 말을 짜내자 빡세는 군말 없이 조퇴증을 끊었다.

집에 돌아와 침대에 누워 있으니 달팽이관 안쪽이 계속 울렸다. 천장 위로는 '옆집 아이 보고서'란 글자가 불규칙하게 돌아다녔다.

"아픈 거 구라지?"

얼마나 자고 일어났는지 모르겠지만 눈을 떠 보니 집 안은 컴컴해져 있었다. 꼬부기는 새로 다운 받은 야동을 선물이라며 내게 건넸다.

"나 진짜 아파."

206

식은땀에 셔츠가 축축이 젖었다. 꼬부기를 내 방에서 몰아내고 찬물로 샤워를 하고 싶었다. 어느 누구와도 말을 섞고 싶지 않았다. 아픈 내색을 비추면 꼬부기가 갈 거라고 생각했지만 역시나 내 판단은 오류였다. 녀석은 눈치가 없었다.

"어디가 아픈데? 마음이 아프냐? 척 보면 내가 다 안다. 네가 완벽한 구라를 까고 있다는 사실을."

"꼬북아, 나 진짜 아프거든."

꼬부기가 책상 위에 펼쳐진 문서를 집었다.

"옆집 아이 보고서? 이게 바로 그 유명한 지순희 일지구나."

한숨이 삐져나오려 했다.

"얘 은근 귀엽지 않냐? 반 애들이 막 수군거리더라. 너희들 진짜 사귀는 거 아니냐고."

보고서를 펼쳐 읽던 꼬부기가 어느 부분인지 배꼽을 잡고 웃었다. 아마 나와 순희가 서로의 아픔을 위로하던 감동적인 페이지가 아닌가 싶었다.

"이것들이 한집에 살면서 술도 먹고, 잠도 자고, 할 건 아주 다 했구만."

"그런 거 아니거든."

강한 부정은 늘 긍정이라 했거늘 난 가늘게 말을 쏟았다.

"너 좀 수상하다? 왜? 쫄려?"

나는 참다 못해 발가락으로 꼬부기를 밀었다.

"나 진짜 아프다고. 쉬자 좀. 제발 가라. 제발 좀 가."

나는 싫다는 꼬부기를 억지로 침대 밖으로 보냈다.

"적당 적당히 해. 너무 뜨겁다. 그대의 열정에 이러다 데겠어."

머리가 핑그르르 돌았다. 침대 끝에 간신히 걸터앉아 땀에 젖은 셔츠를 벗었다. 온몸에 울긋불긋한 열꽃이 피었다. 사태를 파악한 꼬부기가 나를 향해 고개를 돌렸다.

"오 마이 갓! 진짜야? 너, 진짜 얘 좋아하는 거야?"

관찰 36일째

교실 뒷문이 음산하게 열렸다. 순희 제 딴에는 최대한 숨을 죽여 연 것이리라. 문틈 사이로 고개를 쑤욱 내밀고 녀석은 연신 좌우를 두리번거렸다. 복도에는 개미 새끼 한 마리도 보이지 않았다. 살그머니 숨죽여 걸어가던 녀석이 거울을 보자 불현듯 멈췄다. 자신의 매무새를 점검하고 또다시 조용히 걸음을 옮겼다.

우리 오늘 땡땡이칠래?

소각장에서 나는 순희에게 문자를 보냈다. 한참 뒤에 순희는 좋다는 답변을 해 왔다. 지금의 내 계획이 성공할지 자신할 순 없었지만 나는 뭐라도 해야만 했다. 기껏 하루 동안 짜내고 짜낸 계획이 비겁하게 순희를 외면하는 것이었다.

감색 빛 벽돌에 몸을 숨기고 나는 순희가 나타나기만을 기다렸다. 머지않아 학생들은 모두 강당에 모일 것이다.

소각장에는 아무도 없었다. 불타는 쓰레기와 순희밖에 보이지 않았다. 쓰레기 타는 냄새가 구수하게 올랐고, 검은 재가 이따금 순희의 곁을 스쳤다. 나는 멀리서 그런 순희를 지켜보았다. 녀석이 날 기다리며 연신 주위를 살폈다. 어찌 됐던 나는 순희를 만나지 않을 작정이었다. 휴대폰을 꺼내 든 순희는 어디론가 전화를 걸었다. 잠시 뒤 내 휴대폰 액정에 순희의 이름이 반짝거렸다. 나는 조용히 휴대폰을 덮었다.

"땡땡이치자면서 어딜 간 거야?"

순희의 볼멘소리가 귓가에 울렸다. 거뭇한 연기가 나의 고통을 덮으려는 듯 하늘로 끝없이 솟았다. 사람들의 인기척이 있을 때마다 순희는 자리에서 일어났다 앉았다를 반복하였다. 그렇게 몇 사람이 흘러가고 순희는 또다시 자리에 앉았다. 벽 뒤에 숨어서 순희를 훔쳐보던 나도 역시 정말이지 녀석에게 달려가고 싶었다. 몇 번이고 해 왔던 결심이 무너지고 녀석을 향해 사죄하고 싶었다. 어차피 몇 분 뒤면 알려질 진실이기에 더딘 결심 끝에 순희에게 전화를 걸었다.

"할 말이 있는데……."

내 마지막 양심은 더 이상 순희를 속이고 싶지 않았다. 조금 있으면 순희의 이야기는 전교생이 모인 강당에 오를 것이다. 무슨 고백이건 간에 나는 이제 나란 놈에 대해 털어놔야만 했다. 전교생이 모인 강당에서 내가 작성한, 내가 훔쳐보며 써 왔던, '친구야, 학교 가자'의 발표가 진행될 것이다. 순희에게 그 사실이 알려지기 전에 나는 먼저 고백해야만 했다. 정말 말해야 했는데…….

번잡한 도심의 거리다. 유흥가 상점들이 하나둘 기지개를 켰다. 화려한 조명이 도시를 비집고 나오고 군데군데 전구가 나간 네온사인의 글자가 별처럼 반짝거렸다. 몸살감기에 머리가 어지러웠지만 정신은 멀쩡하다 말하고 있었다.

비틀거리며 골목을 걸었다. 아파트 옆 공사장 낡은 컨테이너에 도착하자 몇몇이 나를 부축하였다.

"차라리 퇴학이 나을 수도 있었는데……."

내 비틀거리는 양심은 내가 어떠한 판단을 해야 할지 알려주지 못했다. 내 몸은 대책 없이 누군가가 버려둔 소파 위로 고꾸라졌다. 이미 주변에는 맥주 캔, 소주병, 담배꽁초가 나 같은 놈처럼 나뒹굴고 있었다.

"괜찮아?"

한 녀석이 다가와 나를 일으켰다. 나는 녀석의 손길을 밀쳤다. 정말 괜찮았다. 쓰레기더미는 천국인 듯 편했다.

　휘청거리며 자리에 앉았다. 의지와 다르게 온몸은 허우적거렸다. 양껌 일행이 컨테이너 박스 안으로 들어서는 게 보였지만 나는 될 대로 되란 식의 자포자기 심정이었다. 희미하게 보이는 녀석의 머리에는 커다란 붕대가 둘려 있었다. 얼굴의 소소한 상처와 손목의 얇은 깁스는 아마 그날 상처로 생긴 것 같았다. 선명한 기억이 떠오르자 마음이 다시금 불편해졌다. 저녀석을 보자 순희가 떠올랐고, 순희가 생각났다. 가여운 그 아이는 지금 어떤 심정으로 날 원망하고 있을는지.

　"저 새끼 그 새끼 아니냐?"

　양껌의 조무래기 중 한 명이 소파 위에 늘어진 나를 발견하였다.

　"가만 놔둘 거야?"

　또다시 낡은 컨테이너 박스에 십 대들의 거친 피바람이 불 참인가 보다. 나는 자리에 섰다. 우리는 경계의 눈길을 떼지 않으며 삼킬 듯이 서로를 마주 보았다. 녀석과 나, 누구 하나 시선을 피하지 않고 여차하면 맞붙을 심산이었다. 녀석의 일행들이 나를 향해 걸었다. 내 주먹 끝에도 덩달아 긴장이 묻었다.

　"잠깐."

　양껌이 그런 녀석들을 저지시켰다.

　"일단 놔둬 봐."

"돌았어? 네 얼굴 꼴을 봐."

"일단 내버려 둬. 나도 다 생각이 있으니까."

녀석이 나를 향한 눈초리를 거두지 않으며 그들에게 그렇게 명령했다.

[친구야, 학교 가자!]

슬로건 문구 유치하기 짝이 없고.

[관할 교육청에서 이번 사례를 교수 학습 연구 자료로 활용]

말도 안 되는 일이 현실이 돼 눈앞에서 펼쳐지고.

[강북구 번동 청소년 센터 건립 추진]

방황하던 아이들이 모여 놀던 컨테이너 박스를 매입하기에 이른다. 학교에 적응하지 못하는 학생들을 모아 상담과 연계 수업을 진행하는 곳으로 탈바꿈할 예정이라는데.

"네가 무민이구나. 아주 잘생겼네."

오다가다 스쳐본 적도 없는 교장 쌤이 우뚝 멈춰서 내 이름을 불렀다. 교장 쌤은 아이들 앞에서 보란 듯 나를 치켜세웠다. 모범적인 학생의 표본으로 나를 포장하며 나를 본받을 학생이라 지칭했다. 어디 그뿐이겠는가. 수업 시간마다 나를 보는 쌤들은 약속이나 한 듯 나를 칭찬했다. 내가 얼마나 대단한 일을 했는지 아느냐며 내 작은 결심 하나가 강북 지역 전체를 변화시켰다고 말했다.

겸연쩍은 표정의 내 뒤로 학생들이 하나둘 강당으로 모였다. 안 그래도 비좁아 터진 강당 안은 김밥 속처럼 학생들로 꽉꽉 들어찼다.

단상 위 반듯한 나는 그들을 물끄러미 보았다. 오늘은 명찰도 제대로고 배지도 제대로였다. 최대한 단정하게 다듬은 머리는 이날을 위해서 특별히 준비한 것이다. 답답함을 참지 못하고 나는 계단을 향했다.

"어디 가? 이제 곧 시작인데."

초조한 빡세는 연신 땀을 닦았다. 빡세 역시 늘 입던 트레이닝복 대신에 정장을 갖춰 입었다. 유행 지난 낡은 정장에 촌스러운 넥타이가 어쩐지 불협화음처럼 어색하기 짝이 없었다. 빡세는 무안한 듯 관찰 보고서를 만지작거렸다.

관찰 보고서를 내 손으로 직접 내야만 했을 때 내 얼굴은 불안으로 일그러졌다.

"걱정되니?"

내 표정을 읽은 빡세 역시 불안한 얼굴로 물었다. 빡세의 얼굴에도 지우지 못한 불안은 검버섯처럼 넓게 피었다.

"순희가 이 사실을 알면 결국엔 또다시 상처 받겠죠?"

어차피 이 문제에 대한 정답은 없지만 결과적으론 알려야 한다는 게 빡세의 주장이었다. 그 주장 역시 설득력은 없어 보였지만 나는 아무런 말도 할 수 없었다. 순희의 관찰 보고서를 읽은 몇몇의 학생들이, 그들의 인생이 조금은 바뀔지 모르겠다. 그러나 그를 위해 한 사람이 치러야 하는 감내가 너무나 큰 거 아닐까? 순희의 인생은 발가벗긴 것처럼 그들에게 낱낱이 까발려질 것이다. 그걸 감당하기에 녀석은 아직 상처가 아물지 않았는데 말이다. 녀석을 생각하니 조바심이 났다. 내 안의 악마는 어쩔 수 없는 선택이라고 속삭이고 있지만 내 안의 천사는 순희를 더 아프게 할지도 모른다고 염려하고 있었다.

어쨌든 나는 순희에게 목적을 숨기고 접근했다. 순희의 마음을 이용해 설득한 것도 사실이다. 진실이 밝혀지는 게 두려워 그 사실을 외면했고 그럼에도 끝까지 나를 믿는 녀석을 뒤로하고 관찰 보고서를 몰래 제출해 버렸다. 내 손에 쥐어진 관찰 보고서의 두께가 제법 두둑하니 무거웠다. 약간의 편집과 수정을 거쳐 보고서는 소책자의 형식으로 제본됐다.

"그래도 다행이잖아. 너와 순희의 징계가 완전 철회됐으니……."

관찰 보고서 안의 순희가 나를 보며 짓궂게 웃었다. 그때의 웃음이 진실일지 몰라도 관찰 보고서를 읽어 내려간 순간, 순희는 과연 그때처럼 웃을 수 있을까.

"네가 그동안 고생이 많았다."

빡세의 칭찬에 나는 쓸쓸히 웃었다. 슬픔이 뚝뚝 떨어지는 웃음. 그것은 비참한 눈물이었다.

"얼굴이 왜 그래? 무슨 문제 있어?"

나의 표정을 살피던 빡세가 걱정스러운 얼굴로 물었다.

문제는 이 프로젝트가 너무나 완벽하게 마무리된 게 문제였다. 이 기획이 이렇게 주목받게 된 것도 문제였다. 계획대로 일이 착착 진행된 게 문제고 앞으로도 계속 주목을 받을 거란 사실도 문제였다.

"그래도 이제 다 끝났잖아."

빡세의 위로에 나는 억지로 마음을 잡았다. 복잡하게 생각할 거 없다. 이건 나에게도 기회였으니 그냥 감사하게 받으면 되는 거다. 교육청 홈페이지에 순희의 얼굴이 장식되면 어떤가. 이것보다 더 큰 성과가 어디 있다고. 빡세는 내 덕에 조만간 교무 주임으로 승진할 거다. 이건 모두가 내 덕이다. 입학 초부터 날 격하게 미워하던 빡세가 이제는 날 전적으로 신뢰한다. 혹시 아는가? 내 프로젝트가 이대로만 승승장구하게 된다면 나는 몇 달 뒤 최고의 학생이 되어 있을는지. 교육청에서 선정한 올해의 학생상 정도는 가뿐히 탈 수 있을는지. 이런 나를 모셔가기 위해 대학에선 물밑 경쟁이 벌어질 거고 불쌍한 우리 엄마, 자식새끼가 일진이라 손가락질받던 지난날의 설움을 한 방에 날려 버릴 수 있는 좋은 기회였다. 울 엄마는 나 때문에 그 좋아하던 동 대표 자리도 때려치웠는데, 나도 이 정도

은혜는 당연히 갚는 게 맞다. 울 아빠, 멀리 부산에서 얼마나 고생이 많으실까. 사직서를 양복 안주머니에 지갑처럼 품고 다니며 그래도 자식이라고 늘 보듬어 주셨는데. 그래, 괜찮다. 이 모든 건 잘된 일이다.

"친구야, 학교 가자의 성과에 대해 말씀드리겠습니다."

수줍은 목소리로 준비해 온 자료들을 침착하게 읽어 나갔다. 큰 스크린 롤이 강당 위에서 천천히 내려지고 학교를 상징하는 커다란 은행나무 마크가 보였다. 극히 평화로운 운동장 전경이 화면 안을 가득 채웠다. 그 가운데 커다란 숫자가 동그라미를 퍼트리며 진실의 시작을 알린다.

5.

4.

3.

2.

1.

아악!

찢어질 듯 거친 여자의 비명 소리가 들리자 집중하지 못하고 딴청을 피우던 학생들이 일제히 스크린으로 시선을 옮겼다. 화면에는 급하게 경찰차가 들어섰고 119는 높은 사다리를 빠르게 장착시켰다. 사람들은 웅성거렸다. 시선은 한 방향을 향

해 있는데 그건 베란다 끝에 서 있던 순희를 지켜보고 있어서
였다. 추레한 순희가 사람들을 보며 울부짖었다. 화면을 본 학
생들은 일제히 실제의 순희에게 고개를 돌렸다. 순희는 막 강
당으로 들어온 참이었다. 순희는 그 자리에서 천천히 뒷걸음
쳤다. 나는 얼른 말을 이었다.

"작년만 해도 대한고등학교에서 약 30여 명의 학생들이 자
퇴를 하거나 강제 전학을 갔습니다."

나의 굵직한 목소리가 마이크 사이로 새어나왔다.

"우연히 알게 되었습니다. 같은 반 친구가 학교에 나오지 않
는다는 사실을 말입니다. 그 친구는 바로 저희 옆집에 살고 있
던 지순희라는 친구였습니다."

나는 천천히 순희에게 시선을 고정했다. 다리가 묶여 버린
듯 순희는 그 자리에 박혀 꼼짝도 하지 않았다.

"저는 그 친구가 다시 학교에 나오길 바랐습니다. 그래서 박
세만 선생님의 도움을 받아 그 아이의 관찰을 시작하게 된 것
입니다."

진술서

작성자 : 지순희

무민이가 땡땡이를 치자며 소각장으로 나오라고 문자를 보내왔습니다. 신이 나서 그쪽으로 가겠다며 나섰습니다. 강당으로 아이들이 우르르 몰려가고 있었습니다. 못 보던 플래카드가 강당 입구에 붙어 나부꼈습니다.

소각장에 앉아 무민이를 기다렸습니다. 무민이는 나타나지 않았고 한참 뒤 전화가 걸려 왔습니다. 반가운 마음에 얼른 전화를 받았습니다.

"사실, 난 퇴학을 앞둔 학생이었어. 빡세가 나한테 거래를 제안했어. 네가 몇 달째 학교를 나오지 않는다고. 난 너를 학교에 나오게 하면 퇴학을 무를 수 있고……."

무민이는 이 전화를 끊고 강당으로 간다고 말했습니다. 나도 부랴부랴 강당으로 달려갔습니다.

강당 안에는 너무나 익숙한 얼굴이 보였습니다. 나와 무민이가 그곳에 있었습니다. 나는 입구에서 걸음을 멈췄습니다. 심장이 하늘에서 떨어지는 것처럼 말문이 턱하니 막혔습니다. 큰 스크린 속에 내가 보였습니다. 그 속에 있던 나는 베란다에서 막 뛰어내리기 직전의 아이입니다.

스크린 속 나는 분명 다른 사람의 모습을 하고 있었습니다. 화면 위로 영상이 흐르고 그 속의 나는 주인공이었습니다. 화면 속의 나는 자해를 합니다. 화면 속의 나는 불을 지릅니다. 가끔은 사람들을 음해하기도 하고 먹지도 자지도 않고 지저분한 사람이 나였습니다.

학교 곳곳, 교실 곳곳, 내가 가는 곳곳마다 내 얼굴이 걸려 있었습니다. 복도에서는 학생들이 나를 보며 수군거렸습니다. 교무실의 선생님들이 나를 보며 시선을 피했습니다. 학교가 지옥 같았습니다. 하루가 어떻게 지나갔는지 모르겠습니다.

무민이가 우리 집 앞에 찾아왔습니다. 문 좀 열어 달라며 사정했습니다. 우리 집 앞에서 몇 번이고 그렇게 처음처럼 문을 두드렸습니다. 나는 아직도 무민이가 강당에서 한 마지막 말이 잊히지 않습니다.

"새장 안에 갇혀 있던 친구가 새장 밖으로 나왔습니다. 순희가 학교로 다시 돌아올 수 있었던 건 학우 여러분들의 정성 어린 관심과 격려 덕분입니다. 이 불쌍한 우리의 친구를 다시 새장 안에 가두시겠습니까?"

세상으로 나온 내가 학교 운동장을 폴짝폴짝 뛰었습니다. 아무렇지 않게 사람들 사이에 섞여 공부도 하고 매점에서 간식도 사 먹었습니다. 행복한 내 일상이 보였습니다. 자꾸만 비실비실 웃음이 나왔습니다. 단언컨대 저건 분명 내가 아니었습니다.

관찰 종료

"이름 박무민. 위 학생은 품행이 단정하고 예의가 바르며 근면 성실하고 학교생활에서 선행 사례가 남다르게 뛰어나 다른 학생의 모범이 되었으므로, 제45회 학생의 날을 맞이하여 선행 학생으로 선정하고 이에 표창장을 수여합니다. 대한고등학교장 최규병"

학교에서 선행상을 받았다. 구청에서 우정상을 받았고 오늘의 청소년으로 교육청에서 교육감 표창장도 받았다. 동네에서도 소량의 상금을 받았고 국회의원 추천 학생상도 받았다. 청소년정책위원회에서 으뜸상을, 총선도위원회에서 회장상을 받았고 그 외 봉사상, 모범상, 페어플레이상, 효행상, 기능상, 공로상 등등 수많은 상을 받았다. 세상에 상 종류가 이렇게 많은지 처음 알았고 내가 이런 상을 받을 수 있는 학생이란 것도 처음 알았다. 오늘 하루만 해도 내게 상을 준다는 구청, 교육청, 수련관 총 세 군데에 끌려다녀야 했다.

밤이 되어 느지막하게 끝난 행사는 차로 나를 학교 앞에 정확히 내려 주었다. 몸은 피곤했지만 마음은 그보다 더 피곤했다. 그들의 앞에서 나는 앵무새처럼 순희에 대해 구구절절 떠들어야만 했다. 만약 내게 녹음기가 있었다면 플레이 버튼을 누르고 일찌감치 도망쳤을 것이다.

교실에 들어서자 몇몇 녀석이 나를 부러운 눈길로 보았다. 간혹 축하 인사를 건네는 아이들도 있었고, 시기로 노려보는 아이들도 있었다. 다행인 건 순희의 모습은 보이지 않았다는 거다. 차라리 순희가 없는 편이 내겐 더 이득이었다. 언뜻 얘기를 들으니 그래도 수업은 꿋꿋이 다 받고 간다고 했다. 빡세 말대로 이제는 순희가 완벽히 학교에 적응한 것일 수도 있다.

책가방을 책상 위에 올리고 그 위에 머리를 누였다. 눈물이 나올 거 같아 차라리 억지로 잠을 청했다. 순희가 적어 놓은 지리 교과서 56페이지 아래 '무민아, 고마워'란 글자가 머릿속에서 자꾸만 생각났다. 녀석은 여전히 날 고마워하고 있을지. 자신을 이용한 나란 녀석을 증오하고 있진 않을지. 참으려 했는데 눈물이 책상 위 지리 교과서로 흐르고 있었다.

"그래도 끝자리라 좋네."

훌쩍여도 아무도 나에게 관심을 가져 주지 않았다. 나는 몰래 눈물을 삼켰다. 책가방을 집어 교실을 나가려는데 교실 뒷문이 스르륵 열렸다. 길게 늘어진 검은 그림자와 함께 빡세가 교실 안으로 들어서고 있었다.

"네가 그놈이구나!"

그림자가 누구인지 파악하기도 전에 순식간에 내 뺨은 얼얼해졌다. 조용하던 교실은 이전보다 더 조용해졌다. 부끄러움 때문인지 아픔 때문인지 모르겠지만 내 얼굴은 벌겋게 달아올랐다.

"이사장님! 여긴 교실입니다!"

빡세가 급하게 아줌마를 저지시켰고, 아줌마는 여전히 나에게서 시선을 거두지 않았다.

"놓으세요. 학교 명예도 중요하지만 이런 폭력 학생을 우리 학교에 둘 순 없습니다. 이 학생은 원래 문제아 아닙니까? 지가 착하게 살아 봤자 그 행실이 어디 가겠어요?"

입으로는 뭐라 달싹이고 싶었지만 일이 커질 것 같아 애써 외면했다. 분노를 누르고 묵묵히 나가려는데 아줌마의 말이 걸음을 묶었다.

"어른 말하는데 하는 싸가지하곤. 그래, 그 길로 조용히 학교를 떠나라. 억울하게 누명 쓰고 유학 간 우리 아들 왜곡하는 것도 모자라 전치 8주? 네가 깡패야, 학생이야?"

뒤통수에 대고 얘기하는 아줌마의 씩씩대는 목소리가 비수가 되어 몸 전체를 찔렀다. 가슴속 깊은 곳에서 뭔가 억울한 원망이 꿈틀거렸다. 당신의 그 잘난 아들이 한 사람의 인생을 어떻게 망쳤는지 아냐고 나는 되묻고 싶었다.

"맘 같아선 당장이라도 퇴학 처분을 내리고 싶지만 아들의 간곡한 부탁에 전학으로 때우는 걸 고맙게 여겨. 알았어?"

입가에서 비실비실 웃음이 새 나왔다. 그래. 이 모든 건 자업자득이었다. 그다지 억울할 것도 없는 일이었다. 내가 누군가에게 아픔을 줬으니 이 정도 아픔을 받는 건 당연한 거다. 지금껏 받은 스물세 개의 상장들이 나에게 대못이 되어 박혔다. 누구에게도 말할 수 없었지만 상장의 모서리는 내 전부를 짓이기고 있었다.

"감사합니다. 이사장님."

이를 악물고 간신히 짜냈다. 순희가 평생 짊어질 아픔에 비하면 이건 아픔 축에도 못 끼는 허접함이다. 난 정말 괜찮았다. 전학이든 퇴학이든 뭐든 간에 이제는 더 이상 모범적인 학생으로 살지 않아도 된다는 사실에 마음속에서는 환호가 터졌다.

내 모든 양심의 고백과 함께 순희 관찰은 종료되었다.

관찰 후

처음 보는 건물인데 느낌이 안 좋았다. 안내 표지판에는 청소년 보호 감찰소란 글씨가 박혀 있었다. 나는 그곳을 향해 방향을 틀었다. 건물은 전체적으로 회색빛으로 칠해져 있었는데 그냥 심심하게 생긴 곳이었다. 회색빛을 따라 계단으로 올라가니 비로소 '희망고등학교'란 표지판이 작게 보였다.

"희망은 개뿔."

이곳은 나의 최후의 보루이자 마지막 선택인 대안 학교란 곳이었다. 각각의 혐의(?)에 맞게 이 학교는 세 구역으로 나누어져 있었다. 1층은 학교 폭력을 비롯한 각종 폭력을 일으킨 학생들로 구성되어 있고, 2층은 특수 절도와 사기, 3층은 소소한 감찰과 감시로 구분되어 있었다. 물론, 건물의 각 층들 사이에는 철조망이 쳐져 있어서 서로의 영역을 완벽히 차단시켰다.

"대체 운동장이 어디 있다는 거야?"

축구 골대야 그렇다 쳐도 조그만 농구 골대조차 보이지 않았다. 나는 툴툴대며 3층으로 향했다. 콘크리트 외벽에 가려져 있는 건물들 사이로 창백한 낯빛의 학생들이 언뜻언뜻 비쳤다. 3층 구석을 지나치자 교실같이 생긴 작은 공간이 보였다. 작게 교무실이라고 붙여 놓아서 그제야 그곳이 교무실인 걸 알게 되었다. 교무실 안에는 두세 명의 어른이 앉아 있었는데 나는 그중 제일 어눌하고 만만해 보이는 인간에게 다가갔다.

"이번에 전학 온 박무민이라고 하는데……."

선생이 초면인 나를 보며 몽둥이로 내 배를 쿡쿡 찔렀다.

"이 자식아. 네가 뭔데 첫날부터 지각이야? 너 때문에 수업도 못 가고 기다리고 있었잖아."

만만한 줄 알았는데 알고 보니 그 사람이 내 담임이었다. 아까까지는 쉬워 보였는데 결코 쉬운 상대는 아니란 생각이 들었다. KFC 할아버지의 좀 악독한 버전이랄까.

"죄송합니다. 처음 오는 길이라 좀 헤매서요."

어쭙잖은 핑계를 댔다.

"박무민이라고 했지?"

"네."

쌤의 몸이 나를 향해 기울어졌다. 양쪽 눈을 희번덕거리며 내 눈을 똑바로 보았다.

"조용히 지내. 난 말썽 많은 애들 인정사정 같은 건 안 봐주니까."

턱과 목 사이에 보기 흉한 주름이 세 개나 잡혔다. 그 위로 털이 두세 가닥 나 있는 걸 보니 뭔가 히스테릭한 성격일 것 같다는 느낌이 들었다. 난 세 턱의 뒤를 조신하게 따랐다.

교실에 들어서니 소란하던 내부가 금세 찬물을 끼얹은 것처럼 조용해졌다. 또래의 비슷한 아이들이 삼삼오오 섞여 앉아 있었고, 아이들의 눈이 일제히 나에게 쏠렸다.

"보다시피 새로운 전학생이고 이름은 박무민이다. 자기소개 할래?"

나는 고개를 저었다.

"그럼 저쪽 창가의 빈자리 보이지? 거기 가서 앉아."

의외로 세 턱은 자기소개 같은 진부한 형식을 강요하지 않았다. 나는 세 턱이 말한 자리로 걸어가기 위해 교단을 내려왔다. 내딛는 걸음마다 아이들의 시선이 미개인을 본 듯 따갑게 꽂혔다. 동물원의 원숭이가 된 거 같았지만 다행히 창가 자리라 안심이 됐다.

"특별히 말할 건 없고 떠들지 말고 10분 뒤부터 흡연 금지 시청각 교육 시작할 테니까 다들 졸지 마라."

세 턱은 그 말을 마치고 교실 밖으로 빠져나갔다. 나는 주변을 둘러보았다. 대략 30여 명의 아이들이 제멋대로 앉아 가지각색으로 떠들고 있었다. 교복 자율화 학교답게 외모에서 느껴지는 포스가 다들 동네에서 한 가닥 한 모양새였다.

내가 이곳에 전학을 오게 된 건 퇴학을 막기 위한 빡세의 처절한 노력 덕분이었다. 빡세는 최후의 보루로 나에게 이곳 학교를 추천하였다. 대안 학교 개념인 이곳은 퇴학당하기 직전의 학생들이 모여 수업을 받는 곳이었다. 일종의 마지막 졸업장 열차인 셈이었는데 일반 학교보다 자유스럽고 정식 교육인가도 났다고 하니, 아빠는 차라리 다행이라고 말했다.

양껌 녀석이 8주가 나온 진단서를 들이밀었을 때 나는 참지 못하고 또 한 번 녀석을 가격하고 말았다. 전치 8주는 10주로 넘어가게 됐고 우리 부모님은 결국 녀석의 엄마에게 무릎을 꿇었다.

"너, 서울에서 전학 왔지?"

내 앞에 있는 여자애가 몸을 틀었다.

"너도 내신 올리려고 전학 온 거 맞지? 요즘 우리 학교에 그런 애들 몇 명 있더라. 여기 애들이 공부를 하겠니? 무조건 시험만 쳤다 하면 내신 1등급은 바로 나오는 거지. 뉴스에서는 안 된다고 하는데 은근 전학 많이 오더라. 너도 그런 거지?"

외모만큼이나 말하는 것이 상당히 밉상인 여자애였다. 단정한 차림새로 보아 이 여자애도 그런 연유로 전학을 온 거 같았다. 오자마자 날 라이벌로 생각하고 있는 것 같은데 난 대답도 하지 않고 책가방에 얼굴을 묻었다.

이윽고 교실의 불이 꺼졌다. 화면에서 담배의 유해성에 관한

다큐멘터리가 흘러나왔다. 아이들이 약속이나 한 듯 꿈나라로 빠졌다. 모든 게 짜증이 났다. 나만 혼자가 된 것 같았고 어색한 교실은 시선조차 둘 곳이 없었다. 이곳에는 내가 아는 익숙한 아이들이 하나도 없었고, 탁 트인 넓은 운동장조차 보이지 않는다. 나만의 아지트를 찾고자 하루 종일 분주하게 돌아다녀 봤지만 학교 내 설치된 CCTV는 감시자의 눈이 되어 어디든 따라다녔다.

"순희도 이랬을까?"

나는 답답함을 참지 못하고 교실 밖으로 나갔다.

홍대 앞으로 나와

놀이터에서 시간을 죽이다 꼬부기 녀석에게 문자를 보냈다. 꼬부긴 두 시간도 지나지 않아 홍대 앞으로 달려나왔다. 오랜만에 만난 녀석은 날 보자 눈물까지 글썽거렸다.

클럽에 가 신나게 마시며 춤을 추는데 갑자기 모든 것이 무료해졌다. 꼬부기는 누군가와의 대화에 심취해 있었다. 나는 밖으로 향했다.

바깥 공기가 제법 쌀쌀했다. 찬바람이 얼굴을 때리자 취기가 사라졌다. 집으로 가고 싶지 않았지만 결국 나는 집밖에 갈 곳이 없었다. 갑자기 속이 니글거렸다. 입으로 나지막하게 욕을

뱉었다. 별로 마시지도 않았는데 오랜만에 마신 술이라 온몸
이 거부했다. 당황한 나는 순간적으로 어두운 골목으로 숨어
들었다. 구석진 전신주에 기대앉아 오늘 먹었던 모든 것을 확
인하였다.

"야! 저년 잡아!"

어디선가 요란한 소리가 들렸고, 갑자기 골목 안에 시커먼
녀석들 서너 명이 들이닥쳤다. 그 시커먼 정체의 소년들은 급
하게 내 옆을 스쳐 가더니 어느 한곳을 향해 돌진했다.

"이년아, 넌 뒈졌어!"

그들의 손에는 하나같이 작은 각목 같은 무기가 들려 있었
다. 대략 서너 명 정도 돼 보였는데 낯선 학교의 교복이었다.
학교 간의 패싸움이 벌어진 것이거나 친구들과의 다툼이 분명
해 보였다. 괜히 눈에 뜨여 피해를 볼까 나는 최대한 어두운
구석에 몸을 숨겼다.

"걸레 같은 게 깝치지 말랬지?"

여기저기서 기다렸다는 듯 다양한 욕설들이 쏟아져 나왔다.
그들의 각목은 한곳을 향해 무차별적으로 쏟아지고 있었다.
일방적으로 당하던 정체는 몸을 일순간 허공에 띄우더니 바닥
에 털썩 소리를 내며 쓰러졌다. 그래도 녀석들은 봐주지 않았
고, 각목은 그 아이의 몸을 비껴 나면서 유리문을 가격했다.
귀가 따가울 정도로 날카로운 소리가 파고들었다. 유리문이

가루처럼 박살이 나서 조각조각 흩어졌다. 깨진 유리 파편에도 불구하고 무리 중 어느 누구도 그런 것에는 신경 쓰지 않았다. 다행인지 불행인지 이 골목 안 가게는 모두 비어 있었다. 이렇게 큰 소란에도 누구 하나 나와 보지 않을 만큼 동네는 고요했다.

일방적으로 가격을 당하던 그 아이가 마지막 힘을 모아 양손을 허우적거렸다. 여러 명을 상대하기엔 벅찬 느낌이 들었지만 그래도 살려고 몸부림쳤다. 그들의 각목이 그 아이의 몸을 두들기고, 그 아이는 움찔거리다 결국 몸이 축 하니 늘어졌다. 그래도 폭력은 멈추지 않았다.

"야! 튀어. 짭새 떴어!"

골목 입구에서 누군가가 튀어나와 다급한 목소리로 외쳤다. 휘두르던 각목이 일순간 멈춰지고 아이들은 약속이나 한 듯 후다닥 흩어졌다. 순식간에 골목 안은 조용해졌다. 난 그대로 숨을 죽인 채 가만히 웅크리고 있었다. 멀리 사이렌 소리가 들렸다. 하지만 골목 안을 들어서는 경찰의 모습은 보이지 않았다.

사이렌 소리가 점점 희미해지자 난 그제야 천천히 몸을 일으켰다. 가로등의 전구가 다 된 듯 깜박거렸다. 바닥에 누운 아이의 실루엣도 그에 맞춰 깜박거렸다.

"죽은 건가?"

미동조차 하지 않는 그 아이를 보며 나는 조금 귀찮았다. 또다시 이런 일에 휘말리고 싶지 않았다. 골목을 빠져나가기 위해 걸음을 옮기는데 자꾸만 등 뒤가 가려웠다.

"그래. 죽었는지 살았는지 확인만 하자."

발길을 돌려 쓰러져 있는 그 아이에게 향했다.

"괜찮아?"

아이의 얼굴을 확인하는 순간 나는 너무 놀라 아무 말도 하지 못했다. 도도하고 멋지고 당당하던 내 전 여친 혜령이가 무차별적 폭력의 희생양이 되어 시체처럼 늘어져 있었다.

다세대 아파트 위로 커다란 보름달이 빼꼼빼꼼 피어올랐다. 여전히 501호는 블라인드에 갇혀 빛 한 자락 들지 않을 만큼 컴컴했다.

"야, 당장 이 문 안 열어!"

동네 주민들이 501호 문밖에서 고래고래 소리를 질렀다. 여전히 순희는 집 안에 있었지만 늘 그렇듯 딱히 열어 줄 생각이 없는 것 같았다.

"501호! 문 열라고! 당장 안 열어!"

주민들은 이번에는 정말로 순희의 집과 끝장을 볼 작정이었다. 나는 그들의 앞을 막았다.

"이러는 아줌마들이 더 시끄럽거든요!"

쓰러져 있던 혜령이를 병원에 인계하고 나는 단숨에 샛별 아파트로 향하는 버스에 올랐다. 여전히 동네 입구에는 부동산 아저씨들이 진을 치고 있었다. 집을 판다는 전단지가 붙어 있지만 이곳 경기는 순전히 거품이었다. 아빠는 강북이라 그런 거 같다며 투덜거렸고, 엄마는 이번에 대통령이 바뀌었으니 대책이 나올 거라 믿었다.

"학생!"

뛰어가는 나를 누군가 잡았다.

"부모님이 집 내놓으신다는 얘기는 없으시고?"

낯이 익은 공인중개사 아저씨가 나에게 물었다.

"우리 집 안 팔아요!"

고개를 젓고는 부랴부랴 집으로 향했다.

아빠는 좋은 추억도 없는 샛별 아파트를 당장 팔아 버리자고 했지만 엄마는 서울에 집마저 없으면 영영 돌아갈 곳이 없다고 버티고 있었다. 집만 내놓으면 금방 팔릴 거란 이웃 주민들의 장담에도 불구하고 아직까지 우리 집을 사겠다고 나서는 사람은 없었다. 엄마는 총각보살을 배신하고 그보다 용하다는 처녀보살로 갈아탔다. 처녀보살은 우리가 그 집을 갖고 있는 게 돈이 될 거라 말했다. 그 덕에 우리는 샛별 아파트보다도 더 후진 안산의 작은 빌라에 월세로 이사했다.

"부동산 투기는 아무나 하는 줄 알아?"

고집을 부리는 엄마에게 아빠는 타박을 했고, 엄마는 이게

233

누구 때문인지 아냐며 아빠에게 짜증을 냈다. 아빠가 지방 발령을 받은 게 다 능력 부족이라는 판단에서다. 내가 서울에 있는 대학만 들어가면 당장이라도 샛별 아파트로 돌아간다고 엄마는 매일같이 엄포를 놓았다. 샛별 아파트 동 대표는 아직까지 공석이었다. 주도적인 아줌마가 몇몇 있긴 했지만 우리 엄마처럼 열성적인 사람은 없었다.

"502호에 살던 학생이네. 여긴 놀러 온 거야?"

오랜만에 보는 낯익은 얼굴들이 반갑다. 여전히 주민들은 정자 앞에 도란도란 모여 순희를 껌처럼 씹어 대고 있었다. 이곳의 놀이터는 여전히 만원이었고, 경비 아저씨는 늘 그렇듯 교회 주보를 돌리고 다녔다.

나는 낡은 그네에 앉았다. 오래된 그네가 삐걱삐걱 소리를 냈다. 의미 없이 발 구름을 하던 내게 여전히 고장 나 있을 CCTV가 눈에 띄었다.

"더 이상 쌈질 안 하고 학교는 잘 다니고 있지?"

코털이 비죽 솟은 경비 아저씨가 나에게 친밀히 주보를 건넸다. 내가 모르겠다는 표정으로 멀뚱히 바라보자 아저씨가 물었다.

"그래도 대한민국 하늘 아래 이 동네만 한 곳은 없지?"

나는 아쉽다는 듯 고개를 저었다.

"순희는 잘 있어요? 학교는요?"

아저씨가 주보를 건네주고 그냥 가려 하기에 결국 내가 먼저 물을 수밖에 없었다.

"그만뒀지 뭐."

역시나 학교는 그만두었다. 한편으로는 짐작하고 있었지만 뭔가 기분이 허탈해졌다. 순희를 등교시키기 위해 했던 그간의 노력들이 주마등처럼 하나둘 머릿속을 스쳤다.

"조만간 여기서도 쫓겨나겠지."

어느새 미운 정이라도 들었는지 아저씨의 말투엔 자조가 서렸다.

나는 그네에서 일어나 정자 앞으로 향했다. 아줌마들은 오늘도 지순희 타도를 외치며 열띤 토론을 벌이고 있었다. 나는 아주머니들 가운데 당당히 섰다.

"샛별 아파트를 사랑하시는 주민 여러분."

차분한 목소리로 말하자 동네 주민들이 나를 주목했다.

"따뜻한 밥 자시고 그렇게 할 일들이 없으십니까?"

여기저기서 괘씸한 녀석이라는 눈초리들이 보였다. 그런 그들을 보며 나는 냉정하게 또박또박 말을 이었다.

"제가 학교 잘릴 뻔하고 전학과 이사를 간 게 모두 다 여러분들 탓이란 생각은 안 하십니까?"

여기저기서 혀 차는 소리가 들렸고 배은망덕이란 단어의 조합들이 흘러나왔다. 그래도 나는 말을 멈추지 않았다.

"다행히 저는 이 동네를 떠나게 됐지만 저는 절대 여러분을 단 한시도 잊은 적이 없었습니다. 이웃사촌이란 게 뭡니까? 사촌 형제보다 더 가까운 사람들이다 그래서 그렇게 붙여진 거 아닙니까? 아무리 서울 인심이 삭막하다고 해도, 옆집에 누가 사는지 모르는 세상이라고 해도, 저는 이곳 주민들은 달랐다고 자부합니다. 서로 옆집에 누가 사는지 알았고, 이사를 오면 떡이라도 돌려야 직성이 풀렸고, 행여 자신의 가족에게 피해가 갈까 한목소리로 지순희 타도를 외치는 정의감 어린 곳 아니겠습니까?"

맘 같아선 주민들 한 집 한 집 찾아가 설득하고 싶었지만 조그만 청소년의 핏대 세운 울림이 그들의 맘속에 먹힐 거란 기대는 애초에 하지 않았다. 그저 그 순간 말하고 싶었다. 순희를 구하기 위해 불길 속에 뛰어들었던 정의로운 소년이 그 누구보다 순희를 지키고 싶어 한다는 사실을.

"범죄 없는 이 동네에서 범죄의 유일한 피해자가 바로 우리 아파트의 순희였습니다. 제 후배들이 다닐 학교고, 제 선배들이 일군 학교입니다. 그 학교 안에서 그런 끔찍한 범죄가 벌어질지 아줌마, 아저씨들은 과연 상상이나 했습니까?"

당신들에게 샛별 아파트란 어떤 의미인지, 우리 집이 떠나갈 때 서운하다고 울어 준 의리 있는 주민들은 대체 어디 간 것인지, 순희를 살리기 위해 병원비 모금을 하던 그 시절을 정녕 잊은 것인지, 조곤조곤한 나의 설득에 아줌마 몇몇이 고개를 끄덕거렸다.

"그래. 다 같이 잘 사는 게 제일 좋은 일이긴 한데……."

"그게 어디 말처럼 쉽나? 자식들 눈치 보며 사는 세상에."

"그래도 그 애는 엄마밖에 없다잖아. 아빠도 돌아가셨는데 아등바등 살려는 거 보면 안됐기도 하지."

"순희가 우리 애 공부도 참 많이 가르쳐 줬는데……."

"걔네 엄마 음식 솜씨는 좀 유명해? 꼭 음식하면 이웃끼리 나눠 먹고."

"그래. 우리라도 나서서 신경을 써야 했는데."

"엄밀히 말하면 순희가 저렇게 된 데는 우리 책임도 있지."

경비 아저씨가 갑자기 성경의 한 구절을 펼쳐 들었다. 요한 복음서 8장 7절. 너희 가운데 죄 없는 자, 먼저 저 여자에게 돌을 던져라. 아저씨는 우리 모두가 죄인이라고 했다. 갑자기 주민들이 부끄러운지 고개를 하나둘 떨어뜨렸다.

"사랑하는 샛별 아파트 주민 아줌마, 아저씨들. 전 아직 늦지 않았다고 생각합니다. 지금부터 하나씩 해결해 나가면 되는 겁니다. 이웃사촌이란 게 뭡니까? 이럴 때 돌봐 주고 지켜 주는 게 이웃사촌 아닙니까!"

주먹을 쥐고 하늘을 향해 팔을 뻗었다.

"여러분! 우리 모두 하나가 되어 501호 지순희 학생을 살려

냅시다!"

주민 모두가 나를 향해 열띤 박수를 쳤다.

나는 엄마와 아빠 앞에서 최연소 동 대표를 하겠다고 당당히 선언했다. 아빠는 정신 차리라며 나를 만류했지만 엄마는 용기 있는 결정을 했다며 엄지를 치켜들었다. 내 확고한 결심 때문은 아닌 거 같고 아무래도 이곳에 다시 돌아온다는 설렘 때문인 거 같았다. 어쨌든 나를 중심으로 아파트에는 작은 조직위원회가 구성되었다.

이른바 '지순희 구하기 프로젝트!'

'잘 키운 이웃사촌 하나가 열 피붙이보다 더 가깝다.'

아파트 앞에 선 나의 표정이 비장했다. 걱정된 빡세가 그새를 못 참고 달려 나왔다.

"무민아, 지금은 너무 일러. 얌전히 있으면 금방 서울로 올라올 텐데 왜 벌써 이런 행동을 하는 거니?"

타박 섞인 빡세의 한숨 소리가 들렸다.

"저만 이렇게 잘 지내면 안 되는 거잖아요?"

나는 되려 빡세에게 물었다.

"여전히 저렇게 지낸대요."

빡세는 애달프게 501호를 올려다보았다. 빡세에게도 어쩔 수 없는 순희에 대한 연민이 남아 있다.

"여전히 이곳은 고장 난 CCTV가 폼으로 설치되어 있어요. 여전히 짓다 만 공사장 건물이 있고, 여전히 저렇게 아픈 순희도 있어요. 순희를 두고 저만 잘 살 순 없어요."

가슴 가득 비장함을 담고 아파트 앞에 늠름하게 섰다. 몇 달간 떠났던 이곳에 오자 마음이 한없이 성스러웠다. 허리춤에 촘촘히 두른 공구를 살피고, 배낭 위로 비죽 솟은 우유를 마셨다. 약간의 주저가 묻어났지만 나는 담담하게 소리를 질렀다.

"어이, 501호! 지순희! 내가 말했지? 안 나오면 쳐들어간다고! 꼼짝 말고 거기 있어라! 내가! 이젠 내가 그 안으로 들어간다! 네 세계로 내가 들어간다고!"

웃음이 입가에 올랐다. 순희가 나를 환영할지 안 할지는 모르겠지만, 어쩌면 지난번처럼 가스총을 쏠 수도 있겠지만, 사실 쏘아도 크게 상관없다. 어차피 나는 문전박대 인생이었고, 그럼에도 불구하고 그 집 안에서 단 한 발짝도 나가지 않을 작정이니까.

자물쇠로 굳게 잠긴 순희의 집 앞에서 나는 고래고래 소리쳤다. 가스관을 타고 501호를 향해 거침없이 오르며 눈물도 뜨겁다는 사실을 오늘에야 깨달았다. 순희에게 다가갔던 처음 그때처럼 나는 그렇게 베란다를 타고 오른다.

순희네 집 블라인드가 바람에 흩날렸다. 그 집으로 은근한 빛이 스몄다.

작가의 말

처음 시작은 잊지 않기 바라는 마음이었습니다. 글을 쓰는 동안 많이 아팠고, 많이 울고, 많이 힘들었습니다. 그런데 한편으로는 잊히기를 원할 수도 있겠다는 생각이 들었습니다. 너무 큰 상처는 기억만으로도 고통스러운 법이니까요. 그래서 몇 년간 이 글을 보지 않았습니다. 그런데 엄청난 사건이 터졌습니다. 수심 아래 가라앉으면서도 기다리라는 말을 철썩같이 믿고 기다린 꽃 같은 아이들, 그래서 다시 글을 꺼냈습니다.

세상에는 자신의 의지와는 상관없이 상처받고 고통받는 아이들이 너무나 많습니다. 그런 그들의 손을 붙잡고 말하고 싶었습니다.

괜찮아, 그건 너희들 잘못이 아니야.

보탬

더불어 기억하겠습니다. 이 책을 쓰기 위해, 읽기 위해, 만들기 위해 고생하신 수많은 분들의 노고를.

최고나